SANTUÁRIO

OBRAS DA AUTORA PUBLICADAS PELA GALERA RECORD

Avalon High
Avalon High – A coroação: A profecia de Merlin
Avalon High – A coroação: A Volta
Cabeça de vento
Sendo Nikki
Como ser popular
Ela foi até o fim
A garota americana
Quase pronta
O garoto da casa ao lado
Garoto encontra garota
Todo garoto tem
Ídolo teen
Pegando fogo!
A rainha da fofoca
A rainha da fofoca em Nova York
A rainha da fofoca: fisgada
Sorte ou azar?
Tamanho 42 não é gorda
Tamanho 44 também não é gorda
Tamanho não importa
Liberte meu coração
Insaciável
Mordida

Série **O Diário da Princesa**
O diário da princesa
Princesa sob os refletores
Princesa apaixonada
Princesa à espera
Princesa de rosa-shocking
Princesa em treinamento
Princesa na balada
Princesa no limite
Princesa Mia
Princesa para sempre

Lições de princesa
O presente da princesa

Série **A Mediadora**
A terra das sombras
O arcano nove
Reunião
A hora mais sombria
Assombrado
Crepúsculo

Série **As leis de Allie Finkle para meninas**
Dia da mudança
A garota nova
Melhores amigas para sempre?
Medo de palco

Série **Desaparecidos**
Quando cai o raio
Codinome Cassandra
Esconderijo perfeito
Santuário

Série **Abandono**
Abandono
Inferno

MEG CABOT

SANTUÁRIO

Tradução de
ANA DEATH DUARTE

1ª edição

— Galera —
RIO DE JANEIRO

2014

CIP-BRASIL. CATALOGAÇÃO NA PUBLICAÇÃO
SINDICATO NACIONAL DOS EDITORES DE LIVROS, RJ

C116s

Cabot, Meg, 1967-
Santuário / Meg Cabot; tradução Ana Death Duarte. – 1. ed. – Rio de Janeiro: Galera Record, 2014.
(Desaparecidos; 4)

Tradução de: Sanctuary
Sequência de: Esconderijo perfeito
ISBN 978-85-01-08820-8

1. Ficção americana. I. Duarte, Ana Death. II. Título. III. Série.

13-07187

CDD: 813
CDU: 821.111(73)-3

Título original norte-americano:
Sanctuary

Publicado mediante acordo com Simon Pulse, um selo de Simon & Schuster Children's Publishing Division.

Texto revisado segundo o novo Acordo Ortográfico da Língua Portuguesa.

Direitos exclusivos de publicação em língua portuguesa somente para o Brasil adquiridos pela
EDITORA RECORD LTDA.
Rua Argentina 171 – Rio de Janeiro, RJ – 20921-380 – Tel.: 2585-2000
que se reserva a propriedade literária desta tradução

Impresso no Brasil

ISBN 978-85-01-08820-8

Seja um leitor preferencial Record
Cadastre-se e receba informações sobre nossos lançamentos e nossas promoções.

Atendimento e venda direta ao leitor
mdireto@record.com.br ou (21) 2585-2002

Capítulo 1

Dessa vez, quando começou, eu não estava esperando por isso de jeito nenhum.

Seria de se imaginar que eu já teria sacado as coisas essa altura. Quero dizer, depois de todo esse tempo; mas aparentemente, não. Ao que parece, apesar de tudo, continuo sendo a mesma imbecil que sempre fui.

Dessa vez quando começou, não foi com um telefonema nem com uma carta vinda pelos correios. Dessa vez foi a campainha. Ela tocou bem no meio do jantar do Dia de Ação de Graças.

Isso não era assim tão incomum. Tipo, ultimamente, nossa campainha? É, vem tocando muito. É porque há alguns meses um dos restaurantes dos meus pais foi destruído num incêndio, e nossos vizinhos — nós vivemos numa cidade bem pequena — queriam mostrar sua empatia por nossa perda, trazendo-nos estrogonofe de carne e a ocasional torta de caqui.

Estou falando sério! É como se alguém tivesse morrido. As pessoas sempre levam aos outros mimos em forma de comida se alguém morreu, porque se supõe que a família que está sofrendo com a perda não deve ter ânimo para cozinhar e acabaria morrendo de fome se os amigos e os vizinhos não fossem à casa dela o tempo todo com tortas de limão ou alguma outra coisa de comer.

Como se não houvesse algo como, tipo, a Pizzaria Domino's.

Só que, no nosso caso, não foi uma pessoa que morreu. Foi o Mastriani's, um estabelecimento para jantares finos, *o* restaurante escolhido para o jantar pré-formatura, ou para serviços de bufê locais de casamento ou Bar Mitzvahs que acabou sendo arruinado por completo num incêndio, graças a alguns delinquentes juvenis que queriam me mostrar o quanto não gostaram de eu estar metendo o meu nariz nos lances deles.

É. A culpa de o negócio de nossa família ter sido incendiado foi minha.

Não vem ao caso o fato de que eu estava tentando impedir as ações de um assassino. Nem que as pessoas que esse cara vinha tentando matar não eram apenas, sabe, estranhos para mim, mas sim um pessoal que eu conhecia de verdade, uma galera que frequentava a mesma escola que eu.

O que eu deveria fazer? Simplesmente ficar sentada, relaxar e deixar que ele matasse meus amigos?

Enfim, os policiais pegaram o cara no fim das contas. E não era como se o Mastriani's não tivesse seguro ou como se nossa família não fosse proprietária de dois outros restaurantes que não foram incinerados.

Não estou querendo dizer que não foi uma perda terrível nem nada do tipo. O Mastriani's era o bebezinho querido do meu pai, sem dizer que era o melhor restaurante da cidade. Estou apenas falando, sabe, que as tortas de caqui não eram estritamente necessárias. Ficamos deprimidos e tal, mas não rolou de não termos vontade de prepararmos comida. Não na *minha* família. Tipo, a gente cresce e vive em torno de um bando de restaurantes, aprende a cozinhar — entre outras coisas, como drenar uma mesa a vapor ou se certificar de que a pesca está fresca e de que o cara dos peixes não está tentando passar perna na gente de novo. Nunca faltou comida na minha casa.

Naquele Dia de Ação de Graças, para falara a verdade, a mesa estava rangendo. De tanta comida, quero dizer. Mal havia lugar para nossos pratos, tinha tantas travessas, com pilhas de peru, batatas-doces, condimentos de *cranberry*, dois tipos de molho, vagem, saladas, rolinhos, batatas gratinadas, purê de batatas com alho, cenouras cobertas com açúcar, purê de nabo, além de creme de espinafre, tudo isso à nossa frente.

E não era como se esperassem que a gente se servisse, sabe, só de um pouquinho de tudo. De jeito nenhum! Não com a minha mãe e meu pai ali. Era assim: se a gente não fizesse uma pilha de comida em nossos pratos que fosse até o teto, estaríamos insultando-os.

O que era um problema muito grande porque eu tinha que ir a um segundo jantar de Ação de Graças... algo que eu não tinha exatamente mencionado aos meus pais, porque sabia que eles não ficariam muito animados com a ideia. Eu só estava tentando guardar um pouco de espaço no meu estômago, sabe?

Só que talvez eu devesse ter falado algo sobre o segundo jantar. Porque certas pessoas à mesa notaram minha clara falta de apetite e sentiram-se na obrigação de comentar a respeito.

— O que há de errado com Jessica? — indagou a minha tia-avó Rose, que tinha vindo de Chicago por causa do feriado. — Como assim ela não está comendo? Ela está doente?

— Não, tia Rose — falei, entre dentes. — Só não estou com muita fome agora.

— Não está com muita fome? — A minha tia-avó Rose olhou para a minha mãe. — Quem não tem com fome no Dia de Ação de Graças? Sua mãe e o seu pai ficaram o dia inteiro que nem escravos preparando essa refeição deliciosa! Agora coma tudo!

Minha mãe interrompeu a conversa com o Sr. Abramowitz para dizer:

— Ela está comendo, Rose.

— Estou comendo, tia Rose — falei, enfiando um pouco de batata-doce na boca como prova do que estava falando. — Está vendo?

— Sabe qual é o problema dela? — disse a minha tia-avó Rose à mãe da Claire Lippman, em tom conspiratório, mas com a voz ainda alta o bastante para que todos os caras da loja *Stop and Shop* na rua 1 conseguissem ouvir.

— Ela tem um desses tais distúrbios alimentares. Sabe? Aquela tal de anorexia.

— Jessica não tem anorexia, Rose — disse a minha mãe, com ares de irritação. — Douglas, você pode fazer o favor de passar a vagem para Ruth?

Douglas, que, nas melhores circunstâncias, não gosta de ser o centro das atenções, passou rapidamente a vagem para a minha melhor amiga, Ruth, como se achasse que, ao fazer isso, fosse ser capaz de repelir o olhar malévolo e de ódio mortal da nossa tia-avó Rose.

— Você sabe como se chama esse tipo de doença? — perguntou a minha tia-avó Rose à Sra. Lippman num tom amigável.

— Desculpe-me, Sra. Mastriani — disse a Sra. Lippman. Captei pelo tom levemente perturbado dela que, ao aceitarem o convite da minha mãe para o jantar de Ação de Graças, tanto ela quanto o marido não sabiam no que estavam se metendo. Estava óbvio que não tinham recebido nenhum aviso referente à minha tia-avó Rose. — Eu não sei do que a senhora está falando.

— Negação — declarou a minha tia-avó Rose, estalando os dedos, triunfante. — Vi sobre isso no programa da Oprah. Imagino que você vai deixar Jessica mexer no molho, Antonia, e não vai fazê-la comer, assim como deixa ela se safar de tudo. Aqueles macacões horrorosos que ela usa por aí e esses cabelos... e nem me permita começar a falar sobre todas aquelas coisas que aconteceram na primavera passada. Sabe, boas garotas não andam por aí com na companhia de policias federais, armados...

Ainda bem que a campainha tocou logo nessa hora. Joguei meu guardanapo na mesa e me levantei com tamanha rapidez que quase derrubei a minha cadeira no chão.

— Pode deixar que eu atendo! — gritei, e então fui correndo até o vestíbulo.

Bem, você também teria saído correndo de lá. Tipo, quem ia querer ficar ouvindo aquela coisa toda? De quando fui atingida por um raio e, como consequência disso, desenvolvi o poder psíquico de encontrar pessoas desaparecidas; sobre como eu mais ou menos tinha sido sequestrada por um departamento não lá muito agradável do governo, que queria que eu trabalhasse para ele; além de como alguns amigos meus tinham detonado umas coisas para me levarem de volta para casa em segurança... de novo? Tipo, caramba!, esse assunto já cansou, podemos mudar de canal, por favor?

— A essa hora, quem poderia ser? — se perguntava a minha mãe, enquanto eu me apressava para atender a porta. — Todo mundo que conhecemos está aqui nessa mesa agora.

Isso era quase inteiramente verdade. Além da minha tia-avó Rose, de mim, da minha mãe e meu pai, havia meus dois irmãos mais velhos, Douglas e Michael, a nova namorada dele (eu ainda me sentia estranha ao me referir a ela assim, considerando que, durante anos, Mikey tinha apenas sonhado que Claire Lippman poderia algum dia vir a olhar na direção dele, e agora, jogando na cara das convenções sociais, os dois estavam juntos — a Bela e o Nerd) e a família dela, assim como a minha melhor amiga, Ruth Abramowitz, seu irmão gêmeo, Skip, e os pais deles. Ao todo, havia 13 pessoas reunidas em torno de nossa mesa de jantar. Pra mim, realmente não parecia faltar ninguém ali.

Porém, quando cheguei à porta, descobri que faltava, sim. Ah, não da nossa mesa de jantar. Mas da de outra pessoa.

Estava escuro do lado de fora — escurece cedo no mês de novembro em Indiana —, mas a luz da varanda estava acesa. Ao me aproximar da porta da frente, que era parcialmente de vidro, vi um homem negro e grande parado lá, olhando para a rua enquanto esperava que alguém atendesse a porta.

Logo de cara eu soube quem ele era. Como falei, a nossa cidade é bem pequena e até poucas semanas atrás não havia nenhum negro morando nela. Algo que mudou quando a antiga habitação Hoadley, que fica do outro lado da rua da nossa casa, foi finalmente comprada pelo Dr. Thompkins, um médico que tinha começado a trabalhar como cirurgião-chefe no hospital do nosso condado, mudando-se para a nossa cidade com a esposa, o filho e a filha, vindos de Chicago.

Abri a porta e disse:

— Ei, Dr. Thompkins.

Ele se virou e sorriu.

— Olá, Jessica. Ah, quero dizer, ei.

Em Indiana, se diz “ei” em vez de “olá”. Dava para ver que o Dr. Thompkins ainda estava se acostumando com o nosso linguajar.

— Entre — falei, abrindo caminho para ele sair do frio. Ainda não estava nevando, mas no Canal do Tempo disseram que nevaria. Contudo, para meu desgosto, não esperavam que nevasse o suficiente, para que as aulas na segunda-feira fossem canceladas.

— Obrigado, Jessica — disse o Dr. Thompkins, olhando além de mim pelo vestíbulo, de onde ele podia ver todo mundo reunido na sala de jantar. — Ah, sinto muito. Não pretendia interromper a refeição de vocês.

— Sem problemas — falei. — Quer um pouco de peru? Tem bastante!

— Ah, não, obrigado — respondeu o Dr. Thompkins. — Eu só dei uma passada por aqui porque esperava... Bem, isso me deixa meio envergonhado, mas eu queria ver se...

O Dr. Thompkins parecia muito nervoso. Presumi que ele precisava pedir algo emprestado. Sempre que alguém na vizinhança precisa fazer isso, em especial alguma coisa relacionada à comida, somos quase sempre a primeira parada. Por meus pais estarem no ramo dos negócios de restaurantes, temos praticamente qualquer coisa necessária para cozinhar e, normalmente, em gigantescos contêineres.

Levando em conta que ele vinha de uma cidade grande e tal, achei que o Dr. Thompkins não sabia que, numa cidade pequena, é perfeitamente aceitável que as pessoas peçam algo emprestado a seus vizinhos. Havia muita coisa, para falar a verdade, que o Dr. Thompkins não sabia sobre a nossa cidade. Por exemplo, eu suspeitava que ele não soubesse que, embora em termos oficiais Indiana tenha ficado do lado do Norte durante a Guerra Civil, ainda havia algumas pessoas, especialmente na metade sul do estado, onde morávamos, que não achavam os Confederados assim tão ruins.

Foi por esse motivo que, no dia em que o caminhão de mudança da família Thompkins estacionou, a minha mãe estava lá com um grande prato de canelone, dando-lhes as boas-vindas à vizinhança, praticamente antes mesmo que eles saíssem do carro. A Sra. Abramowitz, que não sabe cozinhar nem que seja para salvar a própria vida, comprou uma grande caixa de confeitos. E os Lippman vieram com um prato dos famosos cookies de gotas de chocolate da Claire. (O segredo dela? Eles são da *Tollhouse Break and Bake*. Tudo que ela faz é untar a forma de cookies. Sério! Eu tenho acesso a segredos assim, e muitos outros mais interessantes, agora que ela é namorada do meu irmão.)

Quase todo mundo na vizinhança, e muitos de bairros distantes, também apareceram para dar as boas-vindas à família Thompkins no dia em que eles se mudaram para cá. Aposto que, como vieram de Chicago e tal, os Thompkins devem ter pensado que nós éramos um bando de doidos, batendo à porta deles o dia todo, e até mesmo vários dias depois da mudança, levando brownies e berinjela à parmegiana, biscoitos, macarrão com queijo, salada de gelatina e bolo de café feito em casa.

Mas o que os Thompkins não sabiam, e o que todos nós sabíamos muito bem, era que no meio da nossa cidade, como os Estados Unidos há 150 anos, havia uma linha divisória que a separava em duas partes distintas. Tinha aquela em que ficava a Lumbley Lane, onde também era localizada a praça da corte judicial e a maior parte dos negócios, incluindo o hospital, o shopping e a escola de ensino médio e coisas do tipo. Essa parte da cidade alojava o que as pessoas na minha escola chamavam de "urbanos".

E então havia o resto do condado, fora dos limites da cidade, que consistia na maior parte em bosques e milharais, com ocasionais estacionamentos de trailers e fábricas de plástico abandonadas de dar um efeito pitoresco. Fora da cidade, ainda havia áreas de analfabetismo, preconceito e, até mesmo, bem nas entranhas do mato, onde o meu pai nos levava para acampar quando éramos pequenos, produção ilegal de bebidas alcoólicas. Os alunos da escola chamavam quem morava longe assim da cidade e tinha que ir de ônibus à escola de "caipiras", porque muitos deles supostamente só comem um tipo de aveia todas as manhãs, o que é algo não socialmente aceito de se comer e sem uvas passas.

Na minha cidade, os caipiras são aqueles que às vezes ainda dirigem por aí com suas bandeiras de Confederados penduradas em suas picapes e coisas do gênero. Caipiras são aqueles que às vezes também ainda falam a palavra tabu que começa com C, e não por estarem citando o Chris Rock nem a Jennifer Lopez ou quem quer que seja. Embora eu conheça um tanto quanto alguns dos assim chamados caipiras que nunca xingariam alguém usando a palavra que começa com C, assim como conheço, por experiência pessoal, alguns urbanos que não hesitariam em chamar uma pessoa do sexo feminino, como eu, com cabelo bem curto e rápida com os punhos, da palavra que começa com F, ou a minha amiga Ruth, que é judia, da palavra que começa com K.

Então vocês podem ver por quê, quando vimos os Thompkins se mudarem para a nossa cidade, alguns de nós achamos que eles poderiam ter problemas causados por outras pessoas.

No entanto, já havia passado quase um mês e, até agora, nenhum incidente tinha ocorrido. Então, talvez tudo fosse ficar bem.

Foi o que achei na época. Está tudo diferente agora, é claro. Ainda assim, naquele momento, tudo o que fiz foi tentar deixar o Dr. Thompkins à vontade enquanto ele estava ali em nosso vestíbulo. Ei, eu não sabia! Como poderia ter sabido? Posso até ter uns poderes psíquicos, mas nem *tanto*!

— Ei, *mi casa es su casa*, Dr. Thompkins — disse a ele, o que é provavelmente a coisa mais tosca a se dizer na face da Terra, mas, enfim.

Eu não estava me sentindo realmente criativa, graças à minha tia-avó Rose, que é uma tremenda esvaziadora de cérebros. Além disso, estou tendo aulas de francês, e não de espanhol.

O Dr. Thompkins sorriu, mas só isso. Então ele pronunciou as palavras que fizeram parecer que a neve tinha começado a cair afinal. Só que essa neve estava escorrendo pelas costas do meu suéter.

— É só que eu estava me perguntado — falou ele — se você viu o meu filho.

Capítulo 2

Recuei até que as minhas panturrilhas bateram na escada para o segundo andar. Quando isso aconteceu, tive que me sentar no primeiro patamar, que ficava apenas quatro degraus acima, porque parecia que os meus joelhos não seriam mais capazes de me manter em pé.

— Eu não... — falei, por lábios que pareciam ter ficado tão frios quanto gelo. — Eu não faço mais isso. Talvez ninguém tenha lhe contado, mas não faço mais essas coisas.

O Dr. Thompkins baixou o olhar para mim como se eu tivesse dito que um cão selvagem australiano tinha comido o meu bebê ou algo do tipo, e depois falou, com uma expressão completamente perplexa:

— Como assim?

Felizmente, naquele instante, meu pai saiu da sala de jantar, com o guardanapo ainda enfiado na cintura de sua calça. Minha mãe vinha atrás dele, com Mike — e Claire, como de costume, grudada no quadril dele — vindo logo atrás.

— Ei, Jerry — disse o meu pai ao Dr. Thompkins, estendendo-lhe a mão direita para cumprimentá-lo. — Como vão as coisas?

— Olá, Joe — respondeu o Dr. Thompkins, que logo depois se corrigiu. — Quero dizer, ei. — Ele deu um aperto de mãos no meu pai e cumprimentou minha mãe: — Como vai, Toni?

— Bem, Jerry — disse ela. — E você?

— Poderia estar melhor. — respondeu o Dr. Thompkins. — Sinto muitíssimo mesmo por interromper o jantar de vocês. Eu só queria saber se algum de vocês tinha visto o meu filho, Nate. Ele saiu faz umas duas horas, dizendo que só ia dar uma passada rápida numa loja... acabou o chantilly da Rowena... mas não o vimos desde então. Achei que talvez ele pudesse ter dado uma passada aqui para visitar os seus meninos, ou talvez Jessica...

Lá em cima, dos degraus da escada, onde eu estava afundada, sentia a cor voltar ao meu rosto. Claro que eu me sentia aliviada... aliviada porque o Dr. Thompkins não tinha vindo me pedir para encontrar o filho dele... ele só tinha me perguntado se eu o tinha visto.

Eu também estava um pouco envergonhada. Porque podia sacar, pelos olhares de relance que o Dr. Thompkins lançava a mim, que ele achava que eu era uma doida de primeira linha por causa da minha reação bizarra à pergunta simples sobre o filho dele. Bem, e por que não? Ele não estava aqui na cidade no último verão ou mesmo neste outono. Ele não tinha conhecimento de que eu era a menina que a imprensa chamava de

"Garota Relâmpago". Ele não sabia nada sobre o meu dom "especial".

Mas dava para ver que Mike, que ria baixinho com a mão cobrindo a boca, tinha sacado o que havia se passado. Sabe, o que eu achei que o Dr. Thompkins tinha me perguntado. E o meu irmão achou a situação completamente hilária.

— Não, nós não vimos Nate — disse a minha mãe, com ares de preocupação.

Ela assume essa expressão de preocupação no rosto sempre que fica sabendo de alguma criança que se desgarrou dos pais, porque acontecera isso com um de seus próprios filhos uma vez, e quando ela, por fim, o encontrou, ele estava na sala de emergência de um hospital.

— Ah... — disse o Dr. Thompkins. Por seu tom de voz, dava para perceber o quão desapontado ele estava por não termos visto Nate. — Bem, achei que valia a pena tentar. É provável que ele tenha dado uma passada no fliperama...

Eu não queria ser a pessoa a contar ao Dr. Thompkins que o fliperama estava fechado. Tudo em nossa cidade estava fechado por ser Dia de Ação de Graças, menos a *Stop and Shop*, que nunca fechava, nem mesmo no Natal.

Mas, ao que tudo indicava, Claire não via problema algum em ser a portadora da má notícia.

— Ah, o fliperama está fechado, Dr. Thompkins — disse ela. — Tudo está fechado. Até mesmo o boliche e os cinemas.

O Dr. Thompkins parecia superdesapontado quando Claire disse isso. Minha mãe até desferiu a ela seu olhar desaprovador. E, aos olhos da minha mãe, Claire Lippman não erra nunca, visto que, sabe, ela gosta do meu irmão renegado, mesmo que seja em parte por causa dela que ele frequente a faculdade comunitária local em vez de Harvard, que é onde ele deveria estar estudando esse ano.

— Ah — disse o Dr. Thompkins. Ele conseguiu, com esforço, colocar um sorriso corajoso no rosto. — Bem, tenho certeza de que ele só acabou encontrando alguns amigos por aí.

Isso era totalmente possível. Nate Thompkins, um aluno do primeiro ano da Ernest Pyle High School — escola em que estudo no segundo ano —, não teve muitas dificuldades em se adaptar, apesar de ser o novo garoto — e o único cara negro — no pedaço. E foi assim porque o belo e atlético Nate imediatamente tentou e conseguiu entrar no time de futebol americano da Ernie Pyle High. Não vem ao caso que o treinador Albright estava desesperado em busca de novos jogadores, devido ao fato de que, graças a mim, três de seus melhores jogadores, inclusive o *quarterback*, tinham agora como moradia a penitenciária masculina do estado de Indiana. Aparentemente, Nate tinha um verdadeiro talento, o que fez com que ele caísse nas graças "da Galera"...

... ao contrário da sua irmã mais velha — Tasha, uma aluna do último ano viciada em livros —, que eu tinha espiado perambulando pela sala de aula onde o comitê do livro do ano se reúne todos os dias depois das aulas. O comitê do *livro do ano*, certo? E a garota era tímida demais para entrar lá. Eu fui até ela e, tipo, falei:

— Olha, eu apresento você ao pessoal.

Ela sorriu para mim como se eu tivesse me oferecido para extrair veneno de uma picada de cobra na perna dela.

Acho que o fato de Nate ser extrovertido não é um traço herdado da família, considerando que Tasha, com certeza, não tinha nada disso.

— Tenho certeza de que ele voltará logo para casa — disse o Dr. Thompkins, e depois de pedir desculpas de novo, foi embora.

— Meu Deus — disse a minha mãe, parecendo preocupada ao fechar a porta. — Espero que...

Mas meu pai interrompeu a fala dela com:

— Não agora, Toni — com sua voz em tom de aviso.

— Que foi? — indagou Mike.

— Não importa — disse o meu pai. — Vamos. Ainda temos quatro tipos de tortas diferentes pela frente.

— Vocês fizeram *quatro* tortas? — Claire, que era alta e esguia, ao contrário de mim, e deveria ter uma perna oca ou algo do gênero, porque comia mais do que praticamente qualquer ser humano que eu conhecia, parecia contente. — De quê?

— De maçã, abóbora, noz-pecã e caqui — disse o meu pai, soando tão contente quanto ela. Bons cozinheiros gostam de pessoas que apreciam suas comidas.

Porém, ninguém que eu soubesse apreciava a minha tia-avó Rose.

— Joseph — disse ela, no exato minuto em que retornamos à sala de jantar. — Quem era aquele homem de cor?

É realmente vergonhoso ter uma parente como a minha tia-avó Rose. E não é nem como se ela fosse alcoólatra ou algo do gênero para que pudéssemos botar a culpa do comportamento ruim dela em forças externas. Ela é simplesmente uma pessoa má. Algumas vezes considerei arrastá-la para fora de casa e socá-la, mas visto que ela tem cerca de 100 anos de idade (OK, 75, grande diferença), meus pais não pegariam muito leve comigo se eu fizesse isso. Além disso, eu realmente estou tentando refrear a minha violência, graças a um processo que levei na cara não faz muito tempo por ter desviado o septo de uma certa pessoa.

Embora eu ainda ache que ela mereceu aquilo.

— Negro, Rose — disse a minha mãe. — E ele é nosso vizinho, o Dr. Thompkins. Alguém quer que eu pegue mais vinho? Skip, quer mais Coca-Cola?

Skip é o irmão gêmeo da Ruth. Supostamente, ele tem uma quedinha por mim, mas sempre se esquece disso quando Claire Lippman está por perto. Isso ocorre porque todos os garotos amam Claire, inclusive o meu outro irmão, Douglas. É como se ela liberasse um feromônio que eu e Ruth não temos, o que é um tanto quanto perturbador.

Não, é claro, que eu queira que Skip goste de mim. Porque nem gosto dele. Gosto de outra pessoa.

Alguém que estava me esperando para o jantar do Dia de Ação de Graças. Só que do jeito que as coisas estavam indo...

— O que há de errado em se dizer "de cor"? — questionou a minha tia-avó Rose. — Ele *é* "de cor", não é?

— Está servida de mais um pouquinho de creme de espinafre? — perguntou o Sr. Abramowitz à minha tia-avó Rose.

Sendo um advogado, ele está acostumado a ser agradável com pessoas de quem não gosta.

— O que o Dr. Thompkins queria? — perguntou Skip.

— Ah, nada — respondeu a minha mãe, um pouco animada demais. — Ele só estava querendo saber se algum de nós tinha visto Nate. Quem quer mais purê de batatas?

— O que há de errado em se dizer "pessoa de cor"? — Minha tia-avó Rose estava enfurecida porque ninguém prestava atenção nela. Embora ela provavelmente tivesse mudado de tom se eu desse a ela o tipo de atenção que eu queria.

— Ouvi dizer que o único motivo pelo qual o Dr. Thompkins aceitou o cargo de cirurgião-chefe no County Medical foi porque Nate estava metido em encrencas na antiga escola dele. — Claire olhou ao redor da mesa enquanto soltava essa bombinha. Como é atriz, Claire gosta de observar os tipos de reações geradas pelas suas performances. Além disso, por ela fazer bico como babá para todos os médicos ricos quando não está nos ensaios do teatro, sabe de todas as fofocas da cidade. — Ouvi dizer que Nate fazia parte de uma *gangue* lá em Chicago.

— Uma gangue! — A Sra. Lippman tinha uma expressão preocupada no rosto. — Ah, não! Aquele garoto simpático?

— Muitos garotos simpáticos caíram nas mãos da turma errada — disse o Sr. Abramowitz em um tom indulgente.

— Mas Nate Thompkins?! — A Sra. Lippman, que estava muito envolvida com a Associação de Pais e Mestres, balançou a cabeça em negativa. — Por que? Ele sempre foi tão educado quando o via na *Stop and Shop*!

— Nate pode ter se envolvido com alguns indivíduos desagradáveis em Chicago — disse o meu pai. — Mas todo mundo tem o direito de um novo começo. Além disso, esse é um dos ideais sobre os quais esse país foi fundado.

— Provavelmente ele está por aí agora — disse a minha tia-avó Rose, com certo prazer —, com os amiguinhos da gangue, ficando doidão fumando um baseado.

Mike, Douglas e eu trocamos olhares. Sempre achávamos engraçado ouvir a nossa tia-avó Rose usar a palavra "baseado".

Ao que tudo indicava, a minha mãe não achou isso muito engraçado, visto que ela disse em um tom de voz severo:

— Não seja ridícula, Rose. Não há drogas aqui. Quero dizer, não nessa cidade.

Achei que não seria inteligente chamar a atenção da minha mãe para o fim de semana anterior, na festa de escolha do elenco de *Hello Dolly* (é claro que Claire conseguiu o papel de Dolly), em que dois alunos (não Claire, é óbvio — ela não usa drogas, porque, como me disse, o corpo de uma atriz é o seu templo) tinham sido arrastados para fora da festa pela equipe médica de emergência depois de usarem uma dose um pouquinho grande demais de Ecstasy. No fim das contas, é melhor que minha mãe fique protegida dessas coisas.

Em vez de comentar sobre isso, perguntei:

— Vocês me dão licença? Tenho que ir correndo até a casa da Joanne para pegar aquelas anotações de trigonometria sobre as quais falei a vocês.

— Vocês *poderiam* me dar licença — disse a minha mãe. — E, não, você não pode sair. É Dia de Ação de Graças, Jessica. Você tem três dias livres. Pode pegar essas anotações amanhã.

— Sabiam que alguém pichou o viaduto na semana passada? — informou a Sra. Lippman a todos nós. — Não se sabe dizer o que aquilo significa. Nunca tinha parado para pensar nisso até agora, mas imagina se é uma dessas... como se chama aquilo mesmo? Vi isso no programa *Sixty Minutes*. Ah, sim. Uma marca de gangue. Quero dizer, tenho certeza de que não é. Mas, e se for?

— Eu não tenho como pegar as anotações amanhã — falei. — Joanne vai para a casa da avó amanhã. Essa noite é o único momento que tenho para fazer isso.

— Shhhh — disse a minha mãe.

— Hoje, um baseado — disse a minha tia-avó Rose, balançando a cabeça. — Amanhã, heroína.

— Você não conhece ninguém chamada Joanne — Douglas inclinou-se para sussurrar isso ao meu ouvido.

— Mãe! — falei, ignorando Douglas, o que era meio que maldade, afinal tinha sido bem difícil para ele descer para jantar e tal. Douglas não é o que se pode chamar de o cara mais sociável do mundo. Para falar a verdade, antissocial é a palavra que o define melhor. Mas ele deu uma melhorada nisso desde que começou um trabalho na loja local de histórias em quadrinhos. Bem, de qualquer forma, melhor para ele.

— Ah, deixa, mãe — falei. — Eu volto em menos de uma hora. — O que era a mais completa mentira, mas eu tinha esperanças de que ela estivesse tão ocupada com seus convidados e tal que nem fosse notar que eu ainda não tinha voltado para casa.

— Jessica — disse o meu pai, fazendo um sinal para que eu o ajudasse a coletar os pratos das pessoas. — Você vai perder a torta.

— Guarda um pedaço de cada uma para mim — respondi, esticando as mãos para pegar os pratos que estavam mais próximos de mim e depois indo atrás dele até a cozinha. — Por favor?

Meu pai, depois de revirar os olhos para mim um pouquinho, por fim inclinou a cabeça em direção à entrada da garagem, então eu sabia que poderia sair.

— Leve a Ruth com você — disse o meu pai, enquanto eu puxava o meu casaco do gancho perto da porta da garagem.

— Ahhhh, pai! — falei.

— Você tem licença provisória para dirigir — disse ele. — Não permanente. Não pode ficar atrás do volante sem alguém com uma carteira de motorista no banco do passageiro.

— Pai! — Achei que a minha cabeça fosse explodir. — É Dia de Ação de Graças. Não tem ninguém nas ruas. Até mesmo os policiais estão em casa.

— Deve nevar — respondeu ele.

— A previsão para neve é amanhã, e não hoje à noite. — Tentei parecer o mais confiável possível. — Eu ligo pra vocês assim que chegar lá e ligo de novo logo antes de sair. Juro.

— Bem, Joe. — O Sr. Lippman entrou na cozinha. — Posso cumprimentar o chef? Esse foi o melhor jantar de Ação de Graças que comi em anos!

Meu pai parecia satisfeito.

— É mesmo, Burt? Bem, obrigado. Muito obrigado.

— Pai — falei, parada perto do gancho em formato de coração ao lado da porta da garagem.

Meu pai mal olhou para mim.

— Pegue o carro da sua mãe — disse ele para mim, e depois, para o Sr. Lippman, continuou: — Você não acha que o purê de batatas estava com alho um pouquinho em excesso?

Sentindo-me vitoriosa, agarrei as chaves do carro da minha mãe — em um chaveiro de assovio de escoteira para o caso de ela ser atacada no estacionamento do Wal-Mart; ninguém nunca tinha sido atacado lá, mas vai saber. Além do mais, todo mundo havia ficado paranoico desde que o Mastriani's fora queimado, mesmo que os perpetradores do crime tivessem sido pegos — e saí.

Livre, enfim, pensei, enquanto subia atrás do volante do Volkswagen Rabbit da minha mãe. *Até que enfim, livre. Obrigada, Deus Todo-Poderoso, estou finalmente livre.*

Isso é uma citação verídica e histórica de uma pessoa famosa, e que, na realidade, provavelmente não se aplicava à minha atual situação. Mas acredite em mim, se fosse você que tivesse ficado confinado a noite toda junto com a minha tia-avó Rose, também teria pensado a mesma coisa que eu.

Ah, e quanto ao lance da licença para dirigir. É, para falar a verdade, isso era meio que engraçado. Eu era praticamente a única aluna do segundo ano na Ernie Pyle High que não tinha uma carteira de motorista. E também não era porque eu não tinha idade o suficiente. Parece que eu simplesmente não conseguia passar no exame. E não era porque eu não sabia dirigir. É só todo esse lance, sabe, de limite de velocidade. Alguma coisa acontece comigo quando fico atrás do volante de um carro. Eu não sei o que é. Só preciso — quero dizer que realmente *preciso* — ir rápido. Deve ser tipo um lance hormonal, como acontece com Mike e Claire Lippman, porque eu não consigo evitar isso de jeito nenhum.

Então, realmente, meus pais não têm motivos para me deixarem usar o carro. Quero dizer, se eu bater, de modo algum o seguro vai cobrir os danos.

Mas o lance era o seguinte, eu não ia detonar o carro. Porque, exceto pelo lance de ter um pé de chumbo, eu sou uma boa motorista. Uma motorista *realmente* boa.

Que pena que eu seja um lixo em quase todo o resto.

O carro da minha mãe é um Rabbit, que não chega nem perto de ter a potência do Volvo do meu pai, mas tem vigor. Além do mais, como sou tão baixinha, é um pouco mais fácil fazer manobras com ele. Dei marcha a ré na entrada de carros, muito fácil, até mesmo no escuro, e saí na vazia Lumbley Lane. Do outro lado da rua, todas as luzes na casa dos Hoadley, quero dizer, na casa dos Thompkins, estavam brilhando. Ergui o olhar para as janelas que ficavam diretamente do outro lado da rua das do meu quarto. Aquelas, eu sabia pois vi através delas, eram as janelas do quarto de Tasha Thompkins. Os Thompkins, que estavam recebendo a visita dos avós — e eu sabia disso porque eles tinham recusado o convite do meu pai e da minha mãe para o nosso jantar de Ação de Graças, afinal já tinham seus próprios convidados —, tinham comido antes de nós se Nate tinha saído fazia duas horas para comprar chantilly. Eu pude ver que Tasha estava lá em cima, em seu quarto. Imaginei o que ela estaria fazendo. Esperava que não fosse lição de casa, mas Tasha meio que parecia o tipo de garota que faria lição de casa depois do jantar de Ação de Graças.

Ao contrário de mim. Eu era o tipo de garota que escapulia para ir se encontrar com o namorado depois do jantar de Ação de Graças.

E, naquele instante, eu estava mais feliz do que me sentira em muito, muito tempo, por ser eu mesma. Não imaginei, nem mesmo por um segundo, como seria se eu estivesse no lugar de Tasha e, menos ainda, de seu irmão Nate.

Exceto que, é claro, se eu tivesse me dado ao trabalho de pensar, até mesmo por um minuto, em Nate Thompkins... ele provavelmente ainda estaria vivo hoje.

Capítulo 3

— Meu Deus, Sra. Wilkins — falei. — Essa foi a melhor torta de abóbora que já comi na minha vida!

O sorriso da mãe de Rob ficou iluminado.

— Você acha isso mesmo, Jess?

— Sim, senhora — respondi, sendo sincera. — É até mesmo melhor do que a do meu pai.

— Bem, disso eu duvido — disse a Sra. Wilkins, dando risada.

Ela parecia bela sob a luz suave em cima da pia da cozinha, com todos aqueles cabelos vermelhos reunidos no topo da cabeça. Estava com um vestido bonito também, de seda, na cor verde-jade. Não parecia ser a mãe de alguém. Parecia ser a namorada de alguém, o que ela era, na verdade. Era namorada de um cara, do "Gary Simplesmente me chamem de Gary".

Mas ela também era a mãe do meu namorado, Rob.

— O seu pai não é um cozinheiro gourmet? — perguntou o "Simplesmente me chamem de Gary", enquanto ele ajudava a trazer os pratos da mesa da sala de jantar dos Wilkins.

— Bem — falei. — Não sei desse lance de gourmet. Mas ele é um bom cozinheiro. Ainda assim, a torta de abóbora dele não chega nem aos pés da sua, Sra. Wilkins.

— Continue — disse ela, ficando ruborizada, mas com prazer. — Eu? Melhor do que um cozinheiro gourmet? Acho que não.

— Com certeza é boa o bastante para mim — comentou Gary, que envolveu a cintura dela com os braços e meio que dançou com ela em volta da cozinha.

Notei que Rob, que observava a cena da porta da cozinha, fez uma careta, depois se virou e saiu andando. Talvez ele tivesse o direito de sentir repulsa com aquilo. Rob trabalhava com o "Simplesmente me chamem de Gary" na oficina de carros de seu tio. Foi por meio do filho que a Sra. Wilkins tinha conhecido o "Simplesmente me chamem de Gary" para início de conversa.

Depois de ficar observando Gary e a mãe do Rob dançarem por mais alguns segundos — na verdade, eles formavam um belo casal juntos, considerando que ele era todo esguio, alto e atraente de um jeito meio cowboy, e ela era toda bonitona e rechonchuda como uma garota de dança de salão —, acompanhei Rob para fora da cozinha, entrando na sala de estar, onde ele tinha ligado a TV e estava vendo futebol americano.

E Rob não é um grande fã de esportes. Como eu, ele prefere ciclismo.

Quero dizer, motociclismo.

— Ei — falei, me jogando no sofá ao lado dele. — Por que essa cara amarrada, camarada?

O que era algo tolo de se dizer, eu sei, mas, quando confrontada com 1,83m de um cara gostoso e de banho recém-tomado, usando uma calça jeans suavemente desbotada, fica difícil para uma garota como eu pensar direito.

— Nada.

Rob, normalmente um tanto quanto não comunicativo (pelo menos em relação a suas mais profundas emoções, como os seus sentimentos por mim), apontou o controle remoto para a TV e mudou de canal.

— É o Gary? — perguntei. — Achei que você gostasse dele.

— Ele é tranquilo — disse Rob.

Clique. Clique. Clique. Ele zapeava pelos canais como Claire Lippman, uma campeã no bronzeamento, passava por frascos de protetor solar.

— Então qual é o problema?

— Nada — falou Rob. — Já disse.

— Ah.

Não pude evitar e me senti um pouco desapontada. Não era como se eu estivesse esperando que ele me pedisse em casamento ou algo do gênero, mas, quando me convidou para o jantar de Ação de Graças com ele e a mãe, achei que estávamos meio que, sabe, dando um passo à frente no que se refere ao nosso relacionamento. Pensei que talvez ele fosse finalmente colocar de lado esse preconceito ridículo que ele tem contra mim, devido ao fato de eu ter 16 anos, e ele, 18, e por estar em liberdade condicional devido a algum crime cuja natureza ele ainda não revelou.

Em vez disso, o lance todo parecia ter sido orquestrado pela mãe dele. Não só o jantar, como o convite também.

— Nós não vemos você o suficiente — tinha dito a Sra. Wilkins quando cruzei a porta trazendo flores (que eram da *Stop and Shop*, mas ela não sabia disso, então não lhe doeria em nada; além do mais, eram muito bonitas e tinham me custado exatos dez dólares). — Não é, Rob?

Rob só tinha olhado feio para mim.

— Você poderia ter ligado — disse ele. — Eu teria ido até a sua casa buscá-la.

— Por que eu deveria ter te dado todo esse trabalho? — perguntei, num tom suave. — Minha mãe ficou de boa com o fato de eu pegar o carro.

— Mastriani, acho que você está se esquecendo de alguma coisa.

— Do quê?

— Você não tem carteira de motorista.

Para um cara que conheci na detenção, era de se imaginar que Rob teria uma mente muito mais aberta. No entanto, é surpreendente, mas ele é careta em relação a um grande número de assuntos.

Tais como, conforme eu estava descobrindo, a mãe dele e seus hábitos de namoro.

— É que — disse ele, quando sons de água sendo borrifada de um jeito brincalhão começaram a vir da cozinha — ela tem que trabalhar amanhã, só isso. Quero dizer, o motivo pelo qual ficamos aqui em vez de irmos a Evansville com o meu tio é que ela tem que trabalhar amanhã.

— Ah — falei. O que mais eu poderia dizer?

— Só espero que não esteja nos planos dele ficar aqui até tarde — disse Rob. *Clique. Clique. Clique.* — O turno da minha mãe é no café da manhã.

Eu sabia de tudo em relação à Sra. Wilkins e seu turno do café da manhã. Antes de o Mastriani's pegar fogo, ela havia trabalhado lá. Desde que o Mastriani's foi tostado, ela trabalha no Joe's, outro restaurante dos meus pais.

— Tenho certeza de que ele vai embora logo — falei, de forma encorajadora, mesmo não sendo nem dez horas da noite. A reação do Rob estava sendo bem exagerada. — Ei, por que não nos oferecemos para lavar a louça, para que eles possam, sabe, bater um papo?

Rob fez uma careta, mas como basicamente ele é um cara que faria de tudo pela mãe porque o pai dele abandonou os dois havia um bom tempo, ele se levantou.

Contudo, quando entramos na cozinha, ficou claro pela quantidade de bolhas de sabão voando para todos os lados que o "Simplesmente me chamem de Gary" e a Sra. Wilkins estavam se divertindo bastante lavando a louça sozinhos.

— Mãe — disse Rob, dava para ver que estava tentando não ficar enfurecido. — Esse não é o seu vestido bom?

— Ah! — A Sra. Wilkins baixou o olhar para o corpo. — Sim, é. Onde está o meu avental? Ah, eu o deixei no meu quarto...

— Eu pego para a senhora. — Eu me ofereci, porque sou enxerida e queria saber como era o quarto da Sra. Wilkins.

— Ah, você é um doce! — disse a Sra. Wilkins. E então ela mirou com o bocal da torneira de lavar pratos para o "Simplesmente me chamem de Gary" e acertou-o bem no peito com um fluxo de água quente.

Rob parecia estar sentindo náuseas.

O quarto da Sra. Wilkins ficava no segundo andar da pequenina casa de fazenda em que eles moravam. Ele se parecia muito com ela, cor-de-rosa, creme e bonito. Na parede, ela havia colocado algumas fotos de Rob quando ele era bebê, e fiquei admirando-as por alguns segundos depois de ter encontrado o avental na cama dela. Pensei comigo mesma que meu filho com Rob seria como aquele bebê. Isso se algum dia tivéssemos filhos. O que deveria esperar até que, primeiramente, eu constituísse uma carreira. Ah, e que Rob me pedisse em casamento. Ou me levasse para sair em um encontro de verdade.

Numa das fotos, Rob, que ainda era novinho o bastante para usar fraldas, estava no colo de um homem que não reconheci e que não se parecia com nenhum dos tios — todos estes eram ruivos, como a mãe dele. Para falar a verdade, este homem era mais parecido com o próprio Rob, com os mesmos cabelos escuros e nebulosos olhos cinza.

Cheguei à conclusão de que este tinha que ser o pai do Rob. Rob nunca queria falar sobre o pai, acho que porque ainda sentia muita raiva de ele ter abandonado tanto o filho quanto a esposa. Ainda assim, eu podia ver o motivo pelo qual a mãe do Rob tinha ficado caidinha pelo cara. Ele era bem gato.

De volta lá embaixo, entreguei o avental à Sra. Wilkins. Ela ainda estava dando risadinhas de algo que o "Simplesmente me chamem de Gary" tinha dito. O "Simplesmente me chamem de Gary" também parecia estar muito feliz. Para falar a verdade, a única pessoa ali que não parecia muito feliz era Rob.

A Sra. Wilkins deve ter notado isso no filho, pois disse:

— Rob, por que não mostra a Jessica os progressos que você já fez na moto?

Eu me entusiasmei com isso. Rob mantinha a moto em que estava atualmente trabalhando, uma excelente porém antiga Harley, no celeiro. Isso era praticamente um convite vindo da mãe dele para que eu fosse dar uns amassos no filho dela. Eu não conseguia acreditar na minha sorte.

Porém, assim que entramos no celeiro, Rob não parecia muito inclinado a dar uns amassos. Não que ele parecesse em outras ocasiões. Infelizmente, Rob é muito bom em resistir aos seus impulsos carnais. Para falar a verdade, eu quase diria que ele nem tem esses impulsos, mas de vez em quando, e em ocasiões muito raras para o meu gosto, eu consigo vencê-lo com meu charme e com meu balm hidratante de cereja para os lábios.

Ou talvez ele só fique tão de saco cheio de mim falando o tempo todo que acaba me beijando pra me fazer calar a boca. Vai saber?

Em todo caso, ele não parecia especialmente inclinado a tirar proveito da minha vulnerável feminilidade ali no celeiro. Talvez eu devesse ter vestido uma saia ou algo do gênero.

— Isso é só porque eu vim dirigindo até aqui? — perguntei a ele, enquanto o observava ajustando algumas coisas na moto.

Rob, erguendo o olhar da moto, que estava apoiada sobre uma mesa de trabalho no meio do celeiro, apertava algo com uma chave inglesa.

— Do que você está falando?

— Disso — falei. — Quero dizer, se eu soubesse que você ficaria tão irritado com isso, teria te ligado e pedido para ir me buscar, eu juro.

— Não, você não teria feito isso — disse Rob, fazendo alguma coisa com a chave inglesa que salientava os músculos das partes superiores de seus braços sob o suéter cinza que estava vestindo. O que era muito mais interessante do que ficar vendo esportes na televisão, posso garantir.

— Do que você está falando? Eu acabei de dizer...

— Você nem mesmo contou aos seus pais que estava vindo até aqui, Mastriani — disse Rob. — Então, corta essa.

— O que quer dizer com isso? — Tentei soar ofendida, embora, é claro, ele estivesse dizendo a verdade. — Eles sabem onde estou.

Rob pôs a chave inglesa de lado, cruzou os braços sobre o peito, apoiou-se na mesa de trabalho e disse:

— Então, por que, quando você chegou, ligou para eles para dizer que estava na casa de alguém chamada Joanne?

Droga! Eu não tinha me dado conta de que ele estava na sala quando dei o telefonema.

— Olha, Mastriani — disse ele. — Você sabe que eu tinha minhas dúvidas desde o começo em relação a isso... Quero dizer, você e eu. E não é só porque já me formei e você ainda está no segundo ano... isso sem nem falar de todo o lance de você ser chave de cadeia. Mas vamos ser realistas. Você e eu viemos de mundos diferentes.

— Isso — retruquei — é tão...

— Bem, lados diferentes dos trilhos, que seja.

— Só porque sou uma urbana — falei —, e você, um...

Ele ergueu uma única mão.

— Olha, Mastriani. Vamos encarar a real. Isso não vai dar certo.

Recentemente, eu vinha me esforçando com muito ardor no meu problema de controle de raiva. Com a exceção de todo aquele lance com os jogadores de futebol americano e Karen Sue Hankey, eu não tinha espancado nem ao menos uma pessoa nem servido um único dia de detenção durante o semestre inteiro. O Sr. Goodhart, meu conselheiro, disse que estava realmente orgulhoso do meu progresso e pensava em cancelar as minhas reuniões semanais obrigatórias com ele.

Mas, quando Rob ergueu a mão daquele jeito e disse que aquilo não daria certo, referindo-se a nós dois, tudo girava em torno do que eu poderia fazer para evitar agarrar a mão dele e torcer o seu braço até que ele pedisse por misericórdia. Tudo que me impediu foi o fato de que garotos realmente não gostam quando a gente faz coisas desse tipo com eles, e eu queria que Rob gostasse de mim. Mais do que gostasse de mim.

Então, em vez de torcer o braço dele para trás das suas costas, coloquei as mãos nos quadris, ergui a cabeça e falei:

— Isso tem alguma coisa a ver com o tal do Gary?

Rob descruzou os braços e virou as costas, voltando a mexer na sua moto.

— Não — disse ele. — Isso é entre nós dois, Mastriani.

— Porque eu notei que você parece não gostar muito dele.

— Você tem 16 anos de idade — disse Rob, olhando para a moto. — *Dezesseis!*

— Tipo, acho que eu poderia entender por que você não gosta dele. Deve ser esquisito ver a sua mãe com outro cara que não seja o seu pai. Mas isso não quer dizer que esteja tudo bem descontar em mim.

— Jess. — Sempre era sinônimo de problema quando Rob me chamava pelo meu primeiro nome. — Você tem que enxergar que isso não tem como ir a lugar nenhum. Estou em liberdade condicional, OK? Não posso ser pego andando por aí com uma *criança*...

A parte em que ele me chamou de criança me causou uma pontada, porém, graciosamente, optei por ignorá-la, observando que Rob, nas palavras da heroína da minha tia-avó Rose, a Oprah, estava sofrendo alguma espécie de dor moral.

— O que ouço é você dizer — falei, conversando da forma como o Sr. Goodhart havia me aconselhado a fazer quando eu estivesse em uma situação que poderia se tornar adversa — que não quer me ver mais porque sente que as nossas diferenças de idade e socioeconômicas são grandes demais...

— Nem mesmo venha falar que você não concorda com isso — interrompeu Rob, usando um tom de aviso. — Caso contrário, por que não contou a seus pais sobre mim? Hein? Por que sou esse segredo obscuro na sua vida? Se você tivesse tanta certeza de que podíamos dar certo juntos, já teria me apresentado a eles a essa altura do campeonato.

— O que estou dizendo a você em resposta — prossegui, como se ele não tivesse falado nada — é que você está me afastando porque o seu pai fez isso com você, e você não suporta a ideia de ser machucado dessa forma novamente.

Rob olhou para mim por cima dos ombros. Seus olhos cor de cinza e nebulosos, sob a luz da única lâmpada que pendia da viga de madeira suspensa, estavam semiocultos pelas sombras.

— Você é doida. — Foi tudo o que ele disse. Mas parecia realmente sincero ao dizer isso.

— Rob — falei, dando um passo na direção dele. — Só quero que você saiba que não sou como o seu pai. Eu nunca vou abandonar você.

— Porque você é uma psicopata maluca — disse ele.

— Não — respondi. — Não é por esse motivo. É porque eu a...

— Não! — disse ele, jogando o trapo em mim como se fosse uma arma. Havia uma expressão de puro pânico em seu rosto. — Não diga isso! Mastriani, estou avisando...

— ... mo você.

— Eu *disse...* — Ele fez uma bola com o trapo e jogou-a com ferocidade em um canto do celeiro.

— ... para não falar isso.

— Sinto muito — falei, num tom sério. — Mas receio que minha paixão desenfreada era simplesmente grande demais para ficar contida mais um instante que fosse.

Um segundo depois, parecia que na verdade era Rob que estava sofrendo com uma paixão desenfreada, e não eu. Pelo menos se a forma como ele me agarrou pelos ombros e começou a me beijar for alguma indicação disso.

Embora, é óbvio, fosse altamente gratificante ser beijada por um jovem que, estava claro, era incapaz de controlar seu tremendo ardor por mim, era preciso lembrar que estávamos nos beijando num celeiro, um lugar que no fim do mês de novembro não é o mais quente para se ficar à noite. Além do mais, não havia nenhum sofá confortável ou nenhuma cama ali por perto para que ele me jogasse em um dos dois, nem nada do gênero. Imagino que poderíamos ter feito sobre o feno mesmo, mas...

a) eca, e

b) a minha paixão pelo Rob não é tão *desenfreada assim.*

Quero dizer, sexo é um passo grande demais em qualquer relacionamento sem ter que fazer isso num velho celeiro. Hum, não, obrigada. Estou disposta a esperar até que chegue o momento certo, por exemplo, a noite da formatura. No caso improvável de que eu sequer seja convidada para ao baile. O que, considerando que o meu namorado já se formou na escola, me parece improvável. A menos, é claro, que *eu* o convide.

Mas, de novo, *eca*.

— Acho que devo ir pra casa agora — falei, assim em que paramos para respirar.

— Essa — disse Rob, encostando a testa na minha e respirando com dificuldade — provavelmente seria uma boa ideia.

Então saí do celeiro, entrei na casa e agradeci à mãe do Rob, que estava sentada no sofá com o "Simplesmente me chamem de Gary", vendo TV, os dois em uma posição aconchegante que, se Rob tivesse visto, poderia tê-lo deixado à beira de um ataque. Felizmente, contudo, foi algo que ele não viu. E eu também não contei a ele sobre a cena.

— Bem — disse ao Rob enquanto entrava atrás do volante do carro da minha mãe. — Vendo que não estamos mais terminados, você quer fazer alguma coisa comigo no sábado? Tipo, ir ao cinema ou... sei lá?

— Nossa, eu não sei — disse ele. — Achei que você poderia estar ocupada com a sua boa amiga Joanne.

— Olha — falei. Estava tão frio lá fora que minha respiração saía em pequenas baforadas, mas eu não estava nem aí pra isso. — Meus pais têm muita coisa com que lidar agora. Quero dizer, o restaurante, Mike largando Harvard...

— Você nunca vai contar a eles sobre nós dois, não é? — Os olhos cinzentos de Rob me perfuravam.

— Só me deixa dar a eles uma chance de se adaptarem à ideia — respondi. — Quero dizer, tem todo esse lance com Douglas e o emprego dele, e a minha tia-avó Rose e...

— E você e o lance psíquico. — Ele me fez lembrar, com apenas o mais fraco traço de amargura na voz. — Não se esqueça de você e do lance psíquico.

— Certo — falei. — Eu e o lance psíquico. — A única coisa de que eu nunca conseguiria me esquecer, por mais que tentasse.

— Olha, é melhor você ir — disse Rob, endireitando-se. — Vou atrás de você para ter certeza de que vai chegar em casa direitinho.

— Você não tem que...

— Mastriani — disse ele. — Cala a boca e dirige.

E então eu fiz o que ele mandou.

Só que acabamos não chegando muito longe.

Capítulo 4

Não foi, posso dizer aqui e agora, devido às minhas péssimas habilidades como motorista. Como acho que já falei antes, sou uma motorista extremamente boa.

Mas, a princípio, eu não sabia disso. Que não estava sendo parada por causa da minha capacidade como motorista, ou falta dela. Tudo que eu sabia era que, num minuto, estava cruzando a escura e vazia estrada rural que ia da casa do Rob de volta à cidade, com ele me seguindo em sua Indian ronronante. E, em seguida, virei numa curva e me deparei com a estrada inteira bloqueada por veículos de emergência: SUVs do xerife do condado, viaturas da polícia, patrulhas de autoestrada... até mesmo uma ambulância. Meu rosto estava banhado em luzes piscantes vermelhas e brancas. Tudo em que eu conseguia pensar era: *Nossa! Eu só estava indo a 120, eu juro!*

É claro que aquela era uma zona cujo limite de velocidade era de 60 quilômetros por hora. Mas convenhamos.

Era Dia de Ação de Graças, pelo amor de Deus! Não havia nenhuma outra alma na estrada pelos últimos 15 quilômetros...

Um assistente do xerife, magrelo, me fez um sinal apontando para o acostamento. Obedeci, com as palmas das mãos suadas. *Meu Deus*, era só o que eu conseguia pensar. *Tudo isso porque eu estava dirigindo sem carteira de motorista? Quem ia saber que eles eram tão rígidos assim?*

O policial que veio andando até o carro depois que o estacionei era um que eu reconhecia da noite em que o Mastriani's foi incendiado. Eu não me lembrava do nome dele, mas sabia que era um cara legal — o tipo de cara que talvez não fosse fazer picadinho de mim por dirigir ilegalmente. Ele iluminou o interior do carro da minha mãe com uma lanterna, primeiro em mim, depois no banco traseiro. Eu tinha esperanças de que ele não achasse que as coisas que a minha mãe tinha no banco traseiro do carro fossem minhas: caixas de fitas cassetes de Carly Simon e Billy Joel e alguns vídeos de comédias românicas que ela vivia se esquecendo de devolver à Blockbuster. Eu simplesmente não sou o tipo de garota que curte Carly Simon nem *Sintonia de amor.*

— Jessica, não? — perguntou o policial, quando abaixei o vidro da janela. — Você não é a filha do Joe Mastriani?

— Sim, senhor — respondi. Olhei de relance pelo espelho retrovisor e vi que Rob tinha parado bem atrás de mim em sua Indian. As longas pernas dele estavam estiradas de forma que seus pés encostavam no chão, o que mantinha tanto ele como a sua moto eretos enquanto ele esperava que me mandassem passar pelo bloqueio da estrada. Rob estava contemplando o milharal à nossa direita. Os talos marrons e fenecidos estavam sendo banhados pelas luzes piscantes vermelhas e brancas que vinham das dezenas de carros de esquadrões e da ambulância estacionados ao longo da estrada. Alguns metros mais adentro do milharal, um gigantesco holofote tinha sido instalado num poste de metal e iluminava lá embaixo algo que não conseguíamos ver com o milho alto no meio do caminho.

— Que chato que vocês tenham que trabalhar no Dia de Ação de Graças — falei ao policial. Estava tentando ser legal com ele pelo fato de que não tenho carteira de motorista e tal. Nesse meio-tempo, as palmas das minhas mãos estavam tão suadas que eu mal conseguia segurar o volante. Não fazia a mínima ideia do que acontecia com as pessoas que eram pegas dirigindo sem carteira de motorista, mas estava bem certa de que não seria algo lá muito legal.

— É — disse o policial. — Bem, sabe. Escuta, estamos com uma situação meio complicada aqui. A propósito, de onde você está vindo?

— Ah, eu só estava jantando na casa do meu amigo — falei, e informei a ele o endereço da casa do Rob. — É ele ali — acrescentei, prestativa, apontando para trás.

Rob, por sua vez, tinha desligado o motor da Indian e descido da moto. Ele foi andando até o policial com as mãos nas laterais do corpo em vez de colocá-las nos bolsos de sua jaqueta de couro, acho que para mostrar que não estava segurando nenhuma arma nem nada do tipo. Rob é bem cauteloso com policiais por já ter sido preso antes.

— O que está acontecendo, policial? — quis saber o Rob, todo de um jeito casual.

Dava para ver que ele, como eu, estava preocupado com o lance todo de dirigir sem carteira de motorista. Mas que tipo de força policial armaria um bloqueio de estrada daqueles só para pegar motoristas sem carteira no Dia de Ação de Graças? Tipo, para mim, o que estava rolando ali ia muito além das obrigações costumeiras dos policiais.

— Ah, recebemos uma pista faz pouco tempo — disse o policial a Rob. — Em relação a alguma atividade suspeita por aqui. Viemos dar uma olhada nos arredores. — Notei que ele não havia tirado seu bloco de multas para me dar uma. *Talvez,* pensei. *Talvez, isso não tenha nada a ver comigo.*

Especialmente levando o holofote em consideração. Eu podia ver as pessoas vagando para dentro e para fora do milharal. Pareciam estar carregando objetos, caixas de ferramentas e outras coisas.

— Você viu algo estranho? — perguntou o policial a mim. — Quando estava dirigindo até aqui, vindo da cidade?

— Não — respondi. — Não vi nada estranho.

Era uma noite clara... Fria, mas sem nuvens. Acima de nós estava a lua, cheia ou quase cheia. Era possível ver bem ao longe, embora só faltasse uma hora para a meia-noite, pela luz daquela lua.

Só que não havia muita coisa a ser vista. Apenas o grande milharal, estirando-se a partir da lateral da estrada, como se fosse um escuro e murmurante oceano. Erguendo-se acima dele, ao longe, havia uma colina coberta, de forma bem espessa, de árvores. O mato. O lugar aonde o meu pai nos levava para acampar, antes de Douglas ficar doente, e de Mikey decidir que gostava mais de computadores do que de colocar iscas em anzóis, e antes de eu desenvolver uma grande e forte alergia a banheiros fora de casa.

Pessoas moravam no mato... Se quiser chamar de vida as condições que eles enfrentavam. Se me perguntar, qualquer coisa que envolva um banheiro do lado de fora da casa está pau a pau com acampar.

Mas nem todo mundo que foi despedido quando a fábrica de plásticos fechou teve a mesma sorte que a mãe do Rob, que conseguiu outro emprego, graças a mim, bem rápido. Alguns deles, orgulhosos demais para aceitarem o auxílio-desemprego do estado, haviam se embrenhado naqueles bosques e estavam vivendo em choças, ou em coisas ainda piores.

E meu pai me disse, certa vez, que alguns nem estavam morando lá porque não tinham dinheiro para se mudarem para um lugar que tivesse um banheiro de verdade. Alguns deles moravam lá porque *gostavam*.

Aparentemente nem todo mundo tem uma ligação de afeto com um banheiro com encanamento como eu.

— Quando você veio para cá da cidade, dirigindo — me perguntou o policial —, que horas eram?

Eu disse a ele que achava que devia ter passado das oito, mas era bem antes das nove. Ele assentiu, pensativo, e anotou o que eu disse, o que não era lá grande coisa, pois eu não tinha visto nada. Rob, parado perto do carro da minha mãe, baforava em suas mãos enluvadas. *Estava* bem frio, sentada lá com a janela abaixada. Eu me sentia especialmente mal por ele, que simplesmente teria que subir de volta em sua moto quando terminássemos de ser interrogados e seguir atrás de mim por todo o caminho até a cidade, e depois faria todo o caminho de volta até sua casa, sem nem mesmo ter uma chance de se aquecer. A menos que, é claro, eu o convidasse a entrar no carro da minha mãe. Só por alguns minutos. Sabe... para descongelar.

De repente, notei que aqueles policiais que estavam entrando e saindo apressados do milharal... É, o que eles estavam carregando não eram caixas de ferramentas. Não, de jeito nenhum.

De repente, as palmas das minhas mãos ficaram suadas por um motivo completamente diferente do anterior.

Eu preciso dizer que, em Indiana, sempre se encontram corpos em milharais. Campos de milho parecem ser o local de desova predileto para as vítimas de crimes perpetrados por assassinos do Centro-Oeste dos Estados Unidos. Isso ocorre porque, até que o fazendeiro, dono do campo, corte todos os talos para plantar as novas fileiras, realmente não tem como ver o que está acontecendo lá.

Bem, de repente, tive uma ideia muito boa do que estava acontecendo nesse milharal específico.

— Quem é? — perguntei ao policial, num tom de voz estridente que não parecia ter saído de mim.

O policial ainda estava ocupado, anotando o que eu tinha dito sobre não ter visto ninguém. Ele nem se deu ao trabalho de fingir que não sabia do que eu estava falando. Nem tentou me convencer de que eu estava errada.

— Ninguém que você conheça — disse ele, sem nem erguer o olhar.

Mas eu tinha a sensação de que conhecia, sim. E foi por esse motivo que, de repente, soltei o meu cinto de segurança e saí do carro.

O policial ergueu o olhar quando fiz isso. Ele olhou mais do que para cima. Parecia surpreso. Assim como Rob.

— Mastriani — disse Rob, com um tom de cautela na voz. — O que você está fazendo?

Em vez de responder, comecei a andar em direção ao pungente brilho branco do holofote, bem no meio do campo de milho.

— Espere um minuto. — O policial deixou de lado seu bloco de notas e sua caneta. — Senhorita? Hum, você não pode ir até lá.

A lua estava com brilho suficiente para que eu pudesse enxergar com perfeição, até mesmo sem todas as luzes piscantes vermelhas e brancas. Fui caminhando com rapidez ao longo da beira da estrada, passando pelos aglomerados de policiais e assistentes do xerife. Alguns ergueram o olhar para mim, surpresos, quando passei por eles, rápida como uma brisa. Aqueles que ergueram seus olhares pareciam abismados, como se tivessem visto algo perturbador. A coisa perturbadora parecia ser eu, caminhando em direção ao holofote no campo de milho.

— Opa, mocinha. — Um dos policiais saiu do grupo em que estava e me agarrou pelo braço. — Aonde você pensa que vai?

— Eu vou dar uma olhada — falei. Reconheci esse policial também, só que não do incêndio no Mastriani's. Este eu reconheci do Joe Junior's, onde às vezes trabalho servindo mesas nos fins de semanas. Ele sempre pedia uma torta salgada grande, metade de linguiça e metade de pepperoni.

— Acho que não — disse o Meia-Linguiça, Meia-Pepperoni. — Temos tudo sob controle. Por que você não volta para o seu carro, como uma boa garotinha, e vai para casa?

— Porque — falei, com minha respiração saindo em brancas baforadas — eu acho que posso conhecê-lo.

— Vamos lá — disse o Meia-Linguiça, Meia-Pepperoni, com uma voz bondosa. — Não há nada para ver. De jeito nenhum. Você vai para casa como uma boa garota. Filho? — Essa última palavra ele disse ao Rob, que veio apressado atrás dele. — Essa é sua namoradinha? Seja um bom rapaz agora e leve-a para casa.

— Sim, senhor — disse Rob, segurando o meu braço da mesma forma como o policial tinha feito. — Farei isso, senhor. — Para mim, ele sibilou: — Você tá maluca, Mastriani? Vamos embora antes que eles peçam para ver a sua carteira de motorista.

Só que eu não sairia do lugar. Tendo apenas 1,52m de altura e 45kg, não sou exatamente uma pessoa difícil de levantar e carregar, como Rob já havia demonstrado umas duas vezes. Mas fiquei muito enfurecida nas duas ocasiões, e Rob parecia se lembrar disso, visto que não tentou fazê-lo agora. Em vez disso, ele me acompanhou, apenas soltando um suspiro profundo, enquanto eu passava pela barreira de policiais e seguia em direção àquela luz branca no milharal.

A princípio, nenhum dos trabalhadores da emergência reunidos em volta do corpo notou a minha presença. Aqueles que estavam nos arredores da cena do crime não estavam exatamente esperando a presença de pessoas estranhas tão longe assim da cidade, ainda mais em uma noite do feriado de Ação de Graças. Então não era como se eles estivessem esperando pessoas enxeridas. Não havia nem mesmo uma fita amarela de emergência erguida. Passei como uma brisa por eles sem problema algum...

E então parei tão de súbito que Rob, que me seguia logo atrás, acabou trombando em mim. O *opa!* dele acabou chamando a atenção de mais do que alguns policias, que tiraram os olhos do que estavam fazendo, ergueram os olhares e começaram:

— O quê...?

— Senhorita — disse um dos assistentes do xerife, levantando-se do frio e duro solo em que estava ajoelhado. — Sinto muito, senhorita, mas você precisa ficar para trás. Marty? Marty, o que você tem na cabeça para deixar as pessoas chegarem até aqui?

Marty veio correndo, com o rosto vermelho e envergonhado.

— Desculpe-me, Earl — disse ele, arfando. — Eu não a vi, ela se aproximou com tamanha rapidez. Venha, senhorita, vamos...

Mas eu nem me mexi. Em vez disso, apontei.

— Eu o conheço — falei, olhando para baixo em direção ao corpo que jazia, sem camisa, no chão congelado.

— Meu Deus! — O hálito suave de Rob estava quente no meu ouvido.

— Esse é o meu vizinho — falei. — Nate Thompkins.

Marty e Earl trocaram olhares.

— Ele saiu para comprar chantilly — falei. — Há duas horas. — Quando, por fim, tirei meu olhar fixo do corpo ferido e quebrado do Nate, havia lágrimas nos meus olhos. Elas pareciam quentes em comparação ao ar congelante ao redor de todos nós.

Senti uma das mãos de Rob, pesada e reconfortante, no meu ombro.

Um segundo depois, o xerife do condado, um homem grande, vestindo um casaco xadrez vermelho com forro de lã, veio até mim.

— Você é a garota Mastriani — disse ele. Não era realmente uma pergunta. Sua voz era grave e melancólica.

Quando assenti, ele disse:

— Achei que você não tivesse mais aquele lance psíquico.

— Não tenho — respondi, esticando as mãos para limpar as lágrimas dos olhos.

— Então, como você sabia... — Ele fez um aceno com a cabeça apontando para o corpo de Nate, que estava sendo coberto com um pedaço de plástico azul. — ... que ele estava aqui?

— Eu não sabia — falei.

Expliquei a ele como Rob e eu tínhamos chegado ali, e também que o Dr. Thompkins havia passado na minha casa mais cedo, procurando pelo filho dele.

O xerife me ouviu com paciência, e então balançou a cabeça.

— Entendi — disse ele. — Bem, é bom saber. Ele não estava portando nenhum documento de identidade, pelo que vimos. Então agora fazemos ideia de quem ele é. Obrigado. Você pode ir para casa e nós seguiremos com as coisas daqui.

Então o xerife se virou para supervisionar o que estava acontecendo debaixo do holofote.

Só que eu não fui embora. Queria ir, mas, de alguma forma, não podia. Porque algo estava me incomodando.

Olhei para Marty, o assistente do xerife, e perguntei:

— Como ele morreu?

O assistente lançou um olhar para o xerife, que estava ocupado conversando com alguém da equipe de serviços médicos de emergência.

— Olha, senhorita — disse Marty. — Seria melhor que...

— Foi daquelas marcas? — Eu tinha visto que havia algum tipo de símbolo entalhado no peito desnudo do Nate.

— Jess. — Agora Rob tinha segurado a minha mão. — Vem. Vamos embora. Esses caras têm trabalho a fazer.

— Afinal, o que eram aquelas marcas? — perguntei a Marty. — Não consegui discerni-las.

Marty parecia desconfortável.

— De verdade, senhorita — disse ele. — Seria melhor que você fosse embora.

Mas não fui. Não podia ir. Só fiquei ali parada, me perguntando o que o Dr. Thompkins e a esposa dele iriam fazer quando descobrissem o que tinha acontecido com o filho deles. Será que decidiriam se mudar de volta para Chicago?

E quanto a Tasha? Ela realmente parecia gostar da escola Ernest Pyle High, se seu entusiasmo em relação ao comitê do livro do ano fosse algum indicativo. Mas será que ela ia querer permanecer numa cidade em que seu único irmão tinha sido brutalmente assassinado?

E o que o treinador Albright diria quando descobrisse que perdera outro *quarterback*?

— Mastriani. — Rob estava começando a soar desesperado. — Vamos embora.

Eu não me dei conta precisamente do motivo pelo qual Rob estava soando tão desesperado até que me virei. E foi nesse momento em que quase trombei com um homem alto e magro, vestindo um longo casaco preto e um distintivo que indicava que era um agente do FBI.

— Olá, Jessica — disse Cyrus Krantz a mim, com um sorriso que, tenho certeza, ele pretendia que fosse reconfortante, mas que, na verdade, era meramente nauseante. — Lembra-se de mim?

Capítulo 5

Seria difícil me esquecer do Cyrus Krantz. Sério, bem que tentei! Ele é o novo agente designado para o meu caso. Sabe, por causa do lance de eu ser a Garota Relâmpago e tal.

Só que Cyrus Krantz não é exatamente um agente especial do FBI. Ao que tudo indica, ele é tipo um diretor do FBI. Das operações especiais, ou algo do tipo. Ele explicou a coisa toda, ou pelo menos tentou explicar aos meus pais e a mim. Ele veio até a nossa casa logo depois do incêndio do Mastriani's. O cara não levou nenhuma torta nem nada, o que achei um tanto quanto de mau gosto, mas que seja. Pelo menos ligou primeiro e marcou hora.

Então se sentou na nossa sala de estar e explicou aos meus pais, durante um café e biscotti, sobre esse novo programa que ele havia desenvolvido. É uma divisão do FBI, só que, em vez de agentes especiais, é composta apenas de pessoas com poderes psíquicos. É sério. Só que o Dr. Krantz — é, ele é médico — não os chama de paranormais. Ele se refere a essas pessoas como indivíduos com "habilidades especiais".

O que, se você me perguntar, faz com que soe como se todos eles devessem pegar o micro-ônibus para a escola, mas que seja. O Dr. Krantz estava muito interessado em que eu me juntasse a sua nova equipe de agentes secretos com "habilidade especiais".

Só que é claro que eu não podia fazer isso. Porque não tenho mais habilidades especiais. Pelo menos, foi o que contei ao Dr. Krantz.

Os meus pais me apoiaram, até mesmo quando o Dr. Krantz retirou de sua pasta aquilo a que ele se referia como "a evidência" de que eu estava mentindo. Ele tinha vários registros de telefonemas ao DISQUE-DESAPARECIDOS — a organização que lida com crianças desaparecidas com a qual trabalhei no passado —, que supostamente partiram de mim. Só que, é claro, todos os telefonemas, embora tivessem sido da minha cidade, foram realizados em telefones públicos, então não havia nenhuma forma real de rastrear quem os havia feito. O Dr. Krantz queria saber quem mais na cidade saberia a exata localização de tantas crianças desaparecidas — na verdade, umas boas centenas delas, desde aquele dia em que fui atingida por um raio.

Eu disse que nunca se sabe. Que poderia mesmo ser qualquer pessoa.

O Dr. Krantz fez um grande apelo ao meu patriotismo. Ele me disse que eu poderia ajudar a capturar terroristas e tal. O que, admito, seria muito legal!

Mas, sabe, não tenho realmente certeza de que gostaria de deixar a minha família sujeita a isso. Sabe, à ira vingativa de terroristas, ensandecidos por eu ter capturado seu líder, ou seja lá o que for. Tipo, Douglas já entra em pânico por chamadas em espera. O quanto terroristas iriam abalar o mundo dele?

Então, com educação, recusei o convite do Dr. Krantz, insistindo o tempo todo que eu tinha tantas "habilidades especiais" quanto a Cindy Brady.

Mas isso não queria dizer que o Dr. Krantz havia desistido. Como seus protegidos — os agentes especiais Smith e Johnson, que haviam sido removidos do meu caso, e de quem eu meio que sentia falta, de um jeito bizarro —, o Dr. Krantz não aceitaria um "não" como resposta. Ele parecia estar sempre à espreita, esperando que eu errasse para provar que eu ainda era realmente dotada dos meus poderes psíquicos.

O que era um infortúnio, porque ele não era nem tão bonito, como a Agente Especial Smith, nem tão divertido de se provocar, como a Agente Especial Johnson. O Dr. Krantz era apenas...

Assustador.

Motivo pelo qual, quando o vi ali, no milharal, deixei escapar um gritinho agudo e devo ter dado um pulo no ar de quase dois mil metros.

— Ah — falei, quando me recompus o suficiente para falar com uma voz normal. — Ah, Dr. Krantz. É você. Oi.

— Olá, Jessica.

O Dr. Krantz tem meio que uma cabeça em forma de ovo, totalmente careca, só que não dava para ver naquele momento, pois ele estava usando um chapéu, puxado para baixo, por cima dos olhos. Creio que ele achava que isso o deixava parecido com o Dr. Magneto, ou algo do tipo. Parecia o tipo de cara que gostaria de ser comparado com o Dr. Magneto de *X-Men*.

Seu olhar voltou-se para Rob, que ele tinha conhecido antes, só que não na minha sala de estar, é claro.

— Sr. Wilkins — disse ele, com um aceno de cabeça. — Boa noite.

— Boa noite — disse Rob, soltando a minha mão para agarrar o meu braço, e começou a me puxar. — Sinto muito, mas já estávamos de saída.

— Calma aí — disse o Dr. Krantz, com uma risada decrépita. — Calma aí, meu jovem. Eu gostaria, se for possível, de trocar umas palavrinhas com a senhorita Mastriani.

— Ah, é? — disse Rob. Ele gostava quase tanto de cientistas trabalhando para o governo dos Estados Unidos quanto de policiais. — Bem, ela não tem nada a dizer a você.

— Ele está certo — falei ao Dr. Krantz. — Realmente não tenho. Tchau.

— Estou vendo. — O Dr. Krantz parecia estar ligeiramente se divertindo. — E suponho que foi apenas por coincidência que você se deparou com essa cena do crime?

— Para falar a verdade — respondi, com certa surpresa, porque, pra variar, eu estava falando a verdade —, sim. Eu estava apenas passando por aqui, indo da casa do Rob para a minha.

— E o fato de que ouvi, sem querer, você dizendo àqueles cavalheiros logo ali que a vítima era seu vizinho?

Eu disse:

— Ei, você é o agente secreto do governo, e não eu. Você quem deveria saber mais sobre isso do que eu. Quero dizer, eu me sentiria muito mal se uma criança fosse morta durante o meu turno.

A expressão do Dr. Krantz não se alterou. É algo que nunca acontece com ele. Então não sabia ao certo se as minhas palavras o haviam atingindo ou não.

— Jessica — disse o Dr. Krantz. — Quero mostrar uma coisa a você.

Nós estávamos em pé um pouco afastados do círculo que os policiais e assistentes do xerife haviam formado em torno do plástico azul que cobria o corpo de Nate. Porém, a luz que vinha do holofote era clara o suficiente para que, até mesmo sendo de noite, eu fosse capaz de ver os detalhes, com perfeita clareza, na foto que Cyrus Krantz sacou do casaco.

Notei que se tratava do viaduto de que a Sra. Lippman estivera falando durante o jantar. Aquele com a pichação pintada com spray. Pichação esta que ela presumia ser uma marca de gangue. E que eu mesma nem tinha notado.

Então, quando olhei para a foto, no brilho branco e frio da luz do holofote, vi que a curva pequena e irregular vermelha — era só isso que parecia para mim — era vagamente familiar. Eu tinha visto aquilo antes. Só que onde? Não havia muitas pichações na nossa cidade. Ah, é claro, os ocasionais *Rick ama Nancy* perto da pedreira. De vez em quando, alguém com um pouco de espírito escolar em excesso pichava *Os Cougars mandam* na lateral do ginásio da nossa escola rival. Mas era só isso que havia de pichação na cidade. Eu não conseguia pensar onde poderia ter visto a tal marca vermelha antes.

Então, de repente, a ficha caiu pra mim.

Foi no peito do Nate Thompkins.

— Então isso *está* relacionado a uma gangue? — perguntei, devolvendo a foto ao Cyrus Krantz. As duas ceias de Ação de Graças de repente não estavam caindo muito bem no meu estômago.

O Dr. Krantz enfiou a foto de volta de onde a havia tirado.

— Não — falou, abotoando novamente o casaco.

O Dr. Krantz sempre era muito limpo e organizado. Na nossa casa, ele não tinha deixado uma única migalha sequer no prato, e olha que o biscotti da minha mãe é bem farelento.

— Isso — acrescentou, dando uns tapinhas no bolso que continha a fotografia —, foi um aviso. Aquilo — ele acenou com a cabeça apontando para o plástico azul. — é apenas o começo.

— O começo do quê? — indaguei.

A torta de abóbora da Sra. Wilkins estava definitivamente subindo.

— Isso — respondeu Cyrus Krantz — é o que receio que vamos descobrir.

Então ele deu a volta e começou a caminhar a passos largos, do milharal de volta a seu longo e quente carro.

Espera, eu queria chamá-lo. *O que eu posso fazer? O que eu posso fazer para ajudar?*

Mas então me lembrei de que, supostamente, não tenho mais poderes psíquicos. Então não poderia realmente oferecer a minha ajuda a ele.

Além do mais, o que eu poderia fazer? Não havia ninguém desaparecido.

Não mais.

Eu não me apressei no restante do caminho para casa. Não por medo de ser pega, mas porque estava com muito receio do que ia encontrar quando estacionasse o carro na Lumbley Lane. Até mesmo o ronronar da moto do Rob — que me acompanhava até em casa — não estava sendo muito reconfortante para mim.

Quando estacionamos na minha rua, imediatamente vi as luzes piscando. O xerife deve ter transmitido via rádio as informações que repassei a ele, visto que já havia dois carros de radiopatrulha do lado de fora da casa dos Thompkins. Enquanto eu entrava em nossa garagem, o Dr. Thompkins abria a porta para deixar os policiais, que estavam lá parados com seus chapéus nas mãos entrarem. Nenhum deles se virou quando Rob, com um aceno para mim, saiu, descendo a rua, depois de ter praticamente me escoltado de forma bem-sucedida até a porta de casa.

Quando entrei, minha família inteira estava com os rostos pressionados contra os vidros da janela da sala de estar. Bem, todo mundo menos Douglas, que provavelmente estava escondido no quarto (luzes piscantes não estão entre as coisas prediletas dele: elas tendem a fazer com que ele se lembre das diversas viagens de ambulâncias que teve em toda a sua vida).

— Ah, Jess — disse a minha mãe quando me viu. A mesa da sala de jantar estava limpa. Todo mundo, menos Claire, tinha ido embora. — Graças a Deus você está em casa! Eu estava ficando preocupada.

— Estou bem — falei.

— E aí, onde mora essa tal de Joanne? — Minha mãe quis saber. — Você ficou fora durante horas.

Mas dava para ver que ela não estava realmente interessada na minha resposta. Toda a sua atenção estava focada na casa dos Hoadley — quero dizer, dos Thompkins — do outro lado da rua.

— Aquelas pobres pessoas — murmurou ela. — Espero que não sejam más notícias.

— Mamãe — disse Mike, num tom de voz sarcástico. — Dois carros de xerife estão estacionados na entrada da garagem deles. Você acha que estão lá trazendo boas notícias?

— Não me chame de mamãe! — disse a minha mãe. Então ela pareceu se dar conta do que todos estavam fazendo. Parecia chocada. — Saiam das janelas! É vergonhoso ficar espionando essas pobres pessoas assim!

— Não estamos espionando, Antonia — disse a minha tia-avó Rose. — Estamos meramente olhando para fora pela janela. Não existe nenhuma lei contra isso.

— A Sra. Mastriani está certa — disse Claire, recatadamente, levantando-se e saindo do sofá. — É errado ficar espiando outras pessoas pelas janelas.

Estava óbvio, pelo que ela acabara de dizer, que Claire não tinha ideia de que Mike vinha espionando-a pela janela em seu telescópio durante anos.

Acho que eu poderia ter contado a eles. Sobre Nate, quero dizer. Mas, do jeito que as coisas estavam, eu mal tinha conseguido chegar em casa com o meu jantar intacto. Não estava tão ansiosa assim para arriscar perdê-lo de novo. Em vez disso, falei:

— Vou para a cama. — E comecei a subir as escadas até o meu quarto. Somente a minha mãe me disse boa noite, e ela soava muito distraída.

Lá em cima, vi que a luz do quarto do Douglas ainda estava acesa. Bati à porta em vez de simplesmente sair invadindo, como eu costumava fazer. Douglas tinha melhorado bastante desde que conseguira um emprego numa loja de quadrinhos. Concluí que eu deveria recompensá-lo, deixando que tivesse um pouco de privacidade pra variar. O Sr. Goodhart diz que isso é chamado de reforço positivo.

— Entra, Jess — disse Douglas.

Ele sabia que era eu pela minha pancada oca. A minha mãe bate à porta toda tímida, o meu pai de uma forma melódica e rítmica, e Mike nunca visita Douglas se puder evitar. Então, Douglas sempre sabe quando sou eu.

— Ei — falei. Douglas estava deitado em sua cama, lendo, como de costume. Nessa noite, era a edição mais recente do *Superman*. — A que horas todo mundo foi embora?

— Faz mais ou menos uma hora — disse ele. — O Sr. e a Sra. Abramowitz tiveram uma grande discussão sobre onde vão passar o recesso do Natal, se em Aspen ou Antigua.

— Deve ser legal — comentei. — Os Abramowitz são bem ricos.

— É. Skip contribuiu tendo um ataque de asma. Entre isso tudo e a nossa tia-avó Rose, foi uma noite memorável.

— Ah, é? — falei.

Ele deve ter visto pela minha cara que havia algo de errado, considerando que foi logo perguntando:

— Que foi?

Balancei a cabeça. Por um minuto, eu tinha visualizado a imagem do Nate Thompkins, como o vira pela última vez, sem vida naquele milharal.

— Ah — falei. — Nada.

— Não é nada — disse Douglas. — Pode me contar.

Contei a ele. Eu não queria fazer isso Certo, eu queria sim. Mas não deveria. Douglas nunca esteve o que chamariam de "bem". Tipo, ele sempre era um dos garotos zoados na escola, no parque, em qualquer lugar. Você sabe o tipo de zoação. Daqueles que eram chamados de esquisito, retardado e rejeitado. Eu tinha passado muito do início da minha vida adulta metendo socos na cara de pessoas que se atreviam a zoar meu irmão mais velho pelo fato de ele ser diferente.

E isso é tudo que Douglas é. Não é louco. Não é retardado. É apenas diferente.

Quando terminei o relato, ele, que sabe da verdade sobre as minhas "habilidades especiais" — mas não sobre

Rob; ninguém sabe sobre Rob, além da Ruth, que afinal de contas é a minha melhor amiga, soltou uma grande golfada de ar.

— Nossa! — disse ele.

— É — falei.

— Aquelas pobres pessoas — falou, referindo-se aos Thompkins.

— É — concordei.

— Eu tinha visto a filha deles — comentou ele, falando da Tasha. — Na loja.

— É mesmo? — De alguma forma, eu não conseguia visualizar a cena da tímida e bela Tasha Thompkins, vestida sempre de forma tão conservadora, na Underground Comix, onde Douglas trabalha.

— Ela curte *Witchblade* — explicou Douglas. Ele parecia realmente preocupado. Quero dizer, pra ele. — Como era, a propósito?

Nessa ele tinha me perdido.

— Como era o quê?

— O símbolo. — disse Douglas, com paciência. — Aquele no peito do Nate.

— Ah — falei. Fui até a escrivaninha dele e desenhei o tal símbolo, não exatamente como uma especialista, num bloco de papel que encontrei lá. — Assim — respondi, e entreguei o desenho a ele.

Douglas pegou o bloco e analisou o que eu tinha desenhado. Quando, depois de um minuto, ele continuou apertando os olhos para olhar para o desenho, eu disse:

— Supostamente isso é um símbolo de gangue, ou algo do tipo. Só faz sentido se você fizer parte da gangue.

— Isso não é um símbolo de gangue — respondeu Douglas. — Quero dizer, eu não acho que seja. É familiar.

— É. Porque é bem provável que você o tenha visto antes, dirigindo sob o viaduto. Alguém fez uma pichação dele lá.

— Eu nunca passo perto do viaduto — disse Douglas, então fez algo realmente esquisito. Quero dizer, esquisito para ele.

Levantou-se da cama e começou a tirar livros das estantes. Douglas tem mais livros — e revistas em quadrinhos — do que qualquer pessoa que eu conheço. Ainda assim, se alguém quisesse pegar algum deles emprestado e o tirasse da estante sem mencionar isso a ele, Douglas daria falta na mesma hora, mesmo havendo centenas de outros extremamente parecidos na estante ao lado do que foi pego.

Douglas é uma dessas pessoas vidradas em livros.

Vendo que ele ficaria ocupado por boa parte da noite, eu saí. Duvidava de que ele tivesse até mesmo notado. Ele estava muito absorto em procurar coisas.

No meu próprio quarto, tirei a roupa rapidamente, me enfiando no meu pijama — uma calça de lã de ovelha e uma camiseta de manga longa — com velocidade de relâmpago. Isso porque o meu quarto, que fica no terceiro andar, é onde mais venta na casa e, do Halloween até a

Páscoa, fica congelante, apesar do aquecedor que o meu pai instalou lá.

No entanto, eu não me importo com o frio, pois tenho a melhor vista das janelas, e isso inclui a do Mike, cuja vista do quarto da Claire Lippman foi o que causou todo aquele problema alguns meses atrás, quando ele decidiu largar Harvard porque ele e Claire estavam apaixonados. A vista da minha janela, que fica algumas janelas de sótão acima das copas das árvores, engloba toda a Lumbley Lane, que, sob o luar, sempre parece um rio de prata, com as calçadas de cada lado sendo as margens de musgos. Na realidade, quando eu era mais nova, costumava fingir que a Lumbley Lane era um rio e que eu era a operadora do farol, bem acima dela...

Sei lá. Fui uma criança esquisita.

Naquela noite, enquanto retirava o relógio de pulso do Rob, que ele tinha me dado uns meses antes, e que eu usava como se fosse um bracelete de identificação (para a perplexidade dos meus pais, que achavam um pouquinho estranho que eu andasse por aí com esse grande relógio de pulso masculino, que pesava e fazia minha mão pender para baixo o tempo todo), não olhei para a rua lá embaixo. Não fingi que a Lumbley Lane era um rio, ou que eu era a operadora do farol, guiando em segurança até a costa barcos lançados pela tempestade.

Em vez de fazer isso, olhei para o outro lado da rua, pela janela do quarto da Tasha Thompkins, cujas luzes ainda estavam acesas. A essa altura do campeonato, era bem provável que ela já soubesse das notícias sobre o irmão. Eu imaginava se ela estaria em sua cama, deitada, chorando. Era onde eu estaria se descobrisse que algum dos meus irmãos tinha sido assassinado. Senti uma onda de pesar por Tasha e pelos pais dela. Eu não entendia nada sobre gangues, mas achava que, quem quer que tivesse matado Nate, não poderia conhecê-lo tão bem assim, porque ele era um garoto legal. E inteligente também. Era um desperdício. Um verdadeiro desperdício.

Depois de um tempo, a porta da frente da casa dos Hoadley — quero dizer, dos Thompkins — abriu-se, e o Dr. Thompkins, parecendo muito mais velho do que quando eu o tinha visto no começo da noite, saiu, vestindo seu casaco. Acompanhou os assistentes do xerife até seus carros de radiopatrulha e depois entrou num deles. Eu sabia que ele iria fazer a identificação do corpo. A esposa dele estava parada à porta da frente, observando-o. Não dava para saber se ela estava ou não chorando, mas eu suspeitava que sim. Havia duas pessoas paradas, uma a cada lado dela. Presumi que eram os avós do Nate.

Acima deles, vi uma cortina se mexer. Tasha estava parada à sua janela, olhando para baixo, enquanto o carro da radiopatrulha afastava-se com seu pai dentro. Vi que seus ombros estavam tremendo. Ao contrário de sua mãe, definitivamente, ela estava chorando.

A pobre e tímida Tasha do comitê do livro do ano e amante de *Witchblade*. Não havia nada que eu pudesse fazer por ela. Quero dizer, se eu soubesse, quando o pai do Nate passou na minha casa, que ele estava metido em encrenca, eu poderia ter sido capaz de encontrá-lo. Talvez.

Porém, agora era tarde demais. Tarde demais para ajudar Nate, de qualquer forma.

Mas não era tarde demais, eu me dei conta, para ajudar a irmã dele. Eu não tinha a menor ideia de como ia fazer isso.

Tudo que poderia fazer era tentar.

Eu mal sabia, é claro, o quanto a decisão de ajudar Tasha Thompkins mudaria a minha vida. E a vida de praticamente todo mundo em nossa cidade.

Capítulo 6

No dia seguinte, quando Ruth me contou que algum garoto da sinagoga dela estava desaparecido, eu não liguei os pontos. Tinha muita coisa na minha cabeça. Tipo, havia todo o lance com Nate Thompkins, é claro. E eu não me esquecera da promessa que fiz a mim mesma de que, se pudesse, tentaria ajudar Tasha.

Porém, havia ainda outra coisa. Algo com que eu sonhara e fora, bem, muito perturbador. Não tão perturbador quanto ter o seu irmão deixado morto num milharal, mas, ainda assim, perversamente estranho.

— Você está me ouvindo, Jess? — quis saber Ruth. Ela tinha que falar bem alto para ser ouvida por cima da música no shopping. Estávamos indo às compras pós-feriado. Ei, era a sexta-feira após o Dia de Ação de Graças. Não havia mais nada para fazer.

— Claro — falei, passando os dedos em um par de brincos de argolas num expositor ali perto. E nem tenho furos nas orelhas. Isso mostra o quanto eu estava distraída.

— Encontraram a bicicleta dele — disse Ruth. — E é isso. Só a bicicleta dele. No estacionamento. Nenhum outro sinal dele. Nem a mochila. Nem seu clarinete. Nada.

— Talvez ele tenha fugido — falei. Os brincos não seriam um presente de Natal ruim para Ruth, pensei. Quero dizer, presente de Hanukkah. Porque Ruth é judia, claro.

— De jeito nenhum que Seth Blumenthal iria fugir antes de seu décimo terceiro aniversário — retrucou Ruth. — Jess, supostamente o Bar Mitzvah dele é amanhã. Era isso que ele estava fazendo na sinagoga para início de conversa. Tendo sua última lição de hebraico antes da grande cerimônia no sábado. O garoto vai ganhar uma grana. De jeito nenhum ele cairia fora antes da hora. E de modo algum teria deixado sua bicicleta para trás.

Por fim, isso me chamou a atenção. Garotos de 12 anos, em geral, não abandonam suas bicicletas. Não sem brigar por elas, de qualquer forma. E Ruth estava certa: ela havia conseguido uns vinte mil dólares com o seu Bar Mitzvah. Não havia como algum garoto fugir antes de ganhar uma grana dessas.

— Você tem uma foto dele? — perguntei a Ruth, enquanto ela se esforçava para comer um doce Cinnabon que estava carregando. — Digo, do Seth.

— Há uma foto dele na diretoria do templo — disse ela. — Quero dizer, é uma foto da família inteira dele, mas posso apontar quem é ele na foto para você, se quiser.

— OK — falei. — Vou cuidar disso.

— Logo — disse Ruth. — É melhor que você cuide disso logo. Não há como prever o que poderá ter acontecido com ele. Quero dizer, aquela gangue pode tê-lo pego.

Revirei os olhos. Para falar a verdade, eu tinha que manter os olhos abertos, porque avistei a minha mãe e a minha tia-avó Rose — o horror dos horrores — entrando na JC Penney, e queria me certificar de que não me depararia com elas. Eu tinha uma boa certeza de que se a minha tia-avó Rose não estivesse nos visitando, não haveria como a minha mãe estar no shopping no dia depois de um de seus vizinhos ter descoberto que o filho tinha sido encontrado morto. Porém, suspeitei que, sendo os vizinhos em questão os Thompkins, a minha mãe não se arriscaria a fazer uma visita solidária, pois a minha tia-avó Rose teria insistido em ir junto. E, conhecendo a Rose, ela teria começado a falar sobre "pessoas escurinhas" ou algo igualmente chocante.

Ela iria embora no domingo. Que poderia muito bem demorar uma eternidade, pois parecia estar tão longe.

— Se eu conseguir uma peça de roupa dele — Perguntava Ruth —, você conseguiria fazer aquele lance que fez com Shane? E com Claire? Em que você chei...

Ela interrompeu a frase com um grito de dor enquanto eu esticava a mão e agarrava-a com força pela nuca. Ruth ficou tão surpresa que um pedaço de Cinnabon caiu de sua boca.

— Eu te disse para não falar sobre isso, lembra? — sibilei a ela.

Na oficina do Papai Noel — o dia seguinte ao de Ação de Graças era o dia em que o Papai Noel chegava ao nosso shopping local —, um bando de mães olhou na nossa direção, com desaprovação... provavelmente porque ainda éramos novas e não estávamos sobrecarregadas com três pivetes reclamões, mas que se dane.

— Os Federais ainda estão me seguindo por aí, sabe? Eu acabei de trombar com Cyrus ontem à noite.

— Ai! — disse Ruth, sacudindo de seu corpo a minha mão. — Sai de mim, sua doida!

— Estou falando sério — insisti. — Simplesmente pega leve.

— Pegue leve você. — Ruth ajustou a gola de sua blusa. — Ou simplesmente tente ser normal pra variar. De qualquer forma, qual é o problema com você? Você vem agindo que nem uma doida o dia inteiro.

— Meu Deus, eu não sei, Ruth — respondi, usando meu tom mais sarcástico. — Talvez seja devido ao fato de que na noite passada eu tenha visto num milharal o corpo mutilado e desfigurado, do cara que costumava morar do outro lado da minha rua.

Ruth curvou seu lábio superior.

— Meu Deus! — disse ela. — Seja um pouco mais nojenta, por que não? — Então Ruth olhou para mim com mais atenção. — Espera um minuto. Você não está se culpando pela morte do Nate, está? — Quando não respondi, ela prosseguiu: — Ah, meu Deus! Você *está*. Jess, alô? Você não o matou, OK? Os camaradinhas da ganguezinha dele é que fizeram isso.

— Eu sabia que ele estava desaparecido — falei. Na Oficina do Papai Noel, alguma criança estava gritando, parecendo que ia explodir a cabeça, porque estava com medo dos elfos mecânicos construindo brinquedos na falsa neve. — E não tentei encontrá-lo.

— Você sabia que ele tinha saído para comprar chantilly — corrigiu Ruth. — E que ele não voltou para casa de imediato. Você não sabia que ele estava sendo assassinado. Você não tinha como saber disso. *Vamos lá*, Jess. Dê um tempo a si mesma. Você não pode ser responsável por todos os assassinatos no planeta.

— Acho que não — falei. Eu me desviei da visão do Papai Noel do shopping fazendo "ho-ho-ho". — Olha, Ruth, vamos pra casa. Você pode me mostrar aquela foto. Então, se o garoto do Bar Mitzvah realmente estiver desaparecido, posso encontrá-lo antes que ele se torne comida de corvos, como aconteceu com Nate.

— Eca! — disse Ruth. — Precisa ser tão explícita? — Mas ela já estava se dirigindo à saída mais próxima.

Só que não rápido o bastante, infelizmente.

— Jessica!

Eu me virei ao som da voz que me era familiar... e então fiquei lívida.

Era a Sra. Wilkins. E Rob.

Apenas meio que as duas últimas pessoas — com exceção da minha mãe e da minha tia-avó Rose — com quem eu queria me deparar. Não porque eu não estivesse feliz em vê-los. Sejamos realistas: quando fiquei infeliz em ver Rob? Seria como sentir infelicidade ao ver o sol depois de quarenta dias e noites de chuva.

Mas considerando o que eu sabia agora... o que descobrira da noite para o dia, enquanto dormia, sem conscientemente querer, e tudo por causa daquela droga de fotografia que eu tinha visto na parede do quarto da mãe do Rob...

— Oi, pessoal — falei, toda alegrinha, para encobrir o que estava realmente sentindo, que era, *Ah, mas que merda!* — Uau! Que legal encontrar vocês aqui. — De novo, mais uma dentre as coisas mais tolas a se dizer, mas eu estava tentando pensar rápido.

Rob nunca havia parecido tão desconfortável. O que se devia aos fatos de que:

a) Ele estava em um shopping.

b) Ele estava em um shopping com a mãe dele.

c) Ele tinha trombado comigo por lá.

d) Eu estava com Ruth.

Ruth e Rob não estão entre as pessoas prediletas um do outro. Para falar a verdade, foi só recentemente que consegui convencer Ruth a parar de se referir ao Rob como "O Babaca" porque ele nunca me ligava. E Rob achava que Ruth era uma urbana elitista e esnobe que desprezava pessoas não relacionadas à faculdade, tal como ele — o que ela realmente era, mas isso não necessariamente fazia dela uma má pessoa.

— Não é engraçado? — disse a Sra. Wilkins, com um sorriso de felicidade no rosto. — Venho tentando convencer Rob a me deixar trazê-lo até aqui para tirar as medidas para um smoking para o casamento do meu irmão... bem, parece que faz uma eternidade. E hoje, quando ele foi me buscar depois do trabalho, finalmente concordou em vir. E aqui estamos nós! E você está aqui! Isso não é engraçado?

— Com certeza — falei, mesmo que eu não achasse aquilo nem um pouco engraçado. Especialmente porque Rob não tinha dito nada a mim sobre ter que ir a um casamento. Uma cerimônia de casamento na qual poderia se esperar que ele fosse levar uma acompanhante. — Achei que Earl já fosse casado — falei, para encobrir minha ira interna quanto ao fato de Rob nunca ter mencionado isso antes.

— Ah, não é Earl — disse a Sra. Wilkins. — É o meu irmão mais novo, Randy. Ele e a noiva vão se casar na véspera de Natal. Já ouviu falar de algo assim tão romântico?

Véspera de Natal? Uma cerimônia de casamento na véspera de Natal na qual Rob estaria usando um smoking e ele não havia dito nem uma palavra a mim a respeito? Eu teria ido com ele se ele tivesse me chamado. Teria ido com ele alegremente. Teria usado o vestido de veludo verde e justo que a minha mãe havia feito para eu ir ao jantar do ano passado no Lion's Club em honra ao fato de Mike ter ganhado a bolsa de estudos. Se a minha mãe não estivesse por perto, usando um que ela fizera para si que combinava com o meu, ele realmente ficaria bem em mim.

Mas não. Não, Rob não tinha nem mesmo se dado ao trabalho de mencionar que tinha sido convidado para esse negócio. Nada. Nenhuma palavra.

Repentinamente, senti vontade de dizer sem pensar o que tinha ficado sabendo nos meus sonhos da noite passada sobre o pai do Rob, na frente de todo mundo, só para me vingar dele por ter me excluído de propósito de um evento familiar tão importante ao qual, agora, eu estava morrendo de vontade de ir, mais do que qualquer coisa antes na minha vida.

— Que legal — falei, com o que esperava que fosse um sorriso gélido na direção do Rob. Deliberadamente, ele estava evitando o meu olhar. Ou talvez estivesse apenas tentando evitar fazer contato visual com Ruth, que retornava-lhe o favor. De uma forma ou de outra, ele era um homem morto.

— Ah, mas, Jess! — A Sra. Wilkins estirou a mão e segurou os meus dedos, fazendo sumir o sorriso que tinha no rosto. — Rob me contou o que aconteceu com vocês dois quando voltavam para casa na noite passada. Lamento tanto! Deve ter sido tão horrível. Eu me sinto péssima pelos pais do garoto...

— Sim — falei, com meu sorriso ficando menos gélido. — Foi bem ruim.

— Se houver algo que eu possa fazer — disse a Sra. Wilkins. — Quero dizer, não consigo imaginar como eu seria de alguma ajuda, mas se você acha que aquelas pobres pessoas apreciariam alguma comida caseira, ou algo do tipo, me avise. Eu realmente sei fazer uma *casserole* decente...

— É claro, Sra. Wilkins — respondi. — Eu falo com a senhora. E, novamente, obrigada pelo jantar de ontem à noite.

— Ah, querida, de nada — respondeu a Sra. Wilkins, apertando os meus dedos uma última vez antes de os soltar. — Só estou feliz que você tenha podido partilhar o jantar conosco.

Tudo aquilo teria sido ruim o suficiente. Porém, um segundo depois, a coisa toda ficou umas dez vezes pior. Logo quando achei que estava prestes a escapar da situação praticamente ilesa — exceto por todo o lance de Rob não ter me convidado para a cerimônia de casamento do tio dele —, ouvi um som que fez com que o sangue nas minhas veias congelasse.

Que vinha da minha tia-avó Rose, me chamando pelo nome.

— Viu, Antonia? Falei a você que era Jessica — disse a minha tia-avó Rose, arrastando a minha mãe até nós. Os olhos azuis da Rose, que pareciam reumosos, mas, na verdade, absorviam a visão de tudo ao redor deles com uma clareza excepcional, estalaram quando ela olhou do Rob para mim e de novo para ele. — Quem é o seu amiguinho, Jessica? Você não vai nos apresentar?

A ideia da minha tia-avó Rose, um minúsculo crustáceo de mulher, chamando Rob de "amiguinho", em qualquer outra ocasião, teria me feito rir. Na situação em que me encontrava, porém, eu meramente ansiava para que o piso do shopping se abrisse e me engolisse tão rapidamente e sem dor quanto fosse possível.

A minha mãe, com aparência cansada e distraída — e quem não estaria, tendo passado o dia com a minha tia-avó Rose? — colocou as sacolas que estava carregando no chão e disse:

— Ah, Mary. É você. Tudo bem? — É claro que a minha mãe conhecia a Sra. Wilkins do restaurante.

— Oi, Sra. Mastriani — disse a Sra. Wilkins com seu sorriso ensolarado. — Como vai você?

— De moderada... — respondeu a minha mãe — ... a média. — Ela olhou para mim e para Ruth. — Olá, garotas. Alguma sorte com as ofertas?

— Consegui um suéter de cashmere na Benneton — disse Ruth, erguendo a sacola como uma caçadora triunfante — por apenas quinze dólares.

— É verde-amarelado. — Fiz questão de lembrá-la, antes que Ruth ficasse toda metidona.

— Tenho certeza de que vai ficar lindo em você — disse minha mãe, apenas para ser educada, porque qualquer um que visse os cabelos loiros de Ruth e sua pele pálida saberia que verde-amarelado não ia ficar nada bem nela.

— E *você* é? — perguntou a minha tia-avó Rose ao Rob, nada sutilmente.

Rob — Que Deus o Ame! — limpou cuidadosamente a mão em sua calça jeans, antes de estendê-la na direção da minha tia-avó e dizer, em sua voz grave:

— Rob Wilkins, madame. Muito prazer em conhecê-la.

A minha tia-avó Rose meramente ergueu o nariz ao avistar a mão do Rob.

— E quais são as suas intenções em relação à minha sobrinha? — questionou ela.

A Sra. Wilkins parecia surpresa; minha mãe, confusa. Ruth parecia estar se divertindo. Tenho certeza de que parecia que eu tinha acabado de engolir um cacto. Somente

Rob permanecia calmo enquanto respondia, no mesmo tom educado:

— Não tenho intenção alguma em relação a ela, madame. O que é exatamente o problema.

Vi que minha mãe estava apertando os olhos enquanto fitava Rob. Eu sabia o que ela ia dizer um segundo antes de as palavras saírem de sua boca.

— Espere um minuto — disse ela. — Eu conheço você de algum lugar, não?

A parte triste é que ela conhecia Rob, sim. No entanto, eu não iria deixar que ela ficasse ali para se tocar de onde. Porque ela o conhecia da delegacia, da última vez em que eu tinha sido arrastada para lá para ser interrogada... uma conexão que eu não queria que a minha mãe fizesse naquele momento específico.

— Tenho certeza de que você apenas deve ter visto ele por aí, mãe — falei, pegando em seu braço e levando-a em direção à oficina do Papai Noel. — Ei, olha, o Papai Noel está de volta! Você não quer tirar uma foto minha sentada no colo dele?

Minha mãe baixou o olhar para mim, com um ar de leve diversão nos olhos.

— Não exatamente. — disse ela. — Considerando que você não tem mais 5 anos de idade.

Ruth, uma vez na vida, fez algo de útil e veio pelo outro lado da minha mãe, dizendo:

— Ah, vamos lá, Sra. M. Seria tão divertido! Os meus pais achariam hilário se vissem uma foto minha com Jess no colo do Papai Noel. E, em retorno, eu farei Jess ir até o templo e se sentar no colo do Harry Hanukkah na semana que vem. Vamos lá!

Minha mãe olhou sem defesas para a Sra. Wilkins, que, felizmente, parecia não perceber que algo fora do comum estava acontecendo, tal como o fato de que a suposta namorada do filho dela estava fazendo tudo o que podia para impedir que a sua mãe realmente o conhecesse.

— Ah, vão em frente! — disse a Sra. Wilkins, dando risada para a minha mãe. — Vai ser um mico!

Minha mãe, balançando a cabeça, deixou que nós a guiássemos até a fila para ver o Papei Noel. Foi só quando voltei para me despedir da Sra. Wilkins — eu estava ignorando Rob — e pegar as sacolas que a minha mãe tinha colocado no chão, que acabei ouvindo a minha tia-avó Rose sibilar para Rob:

— Cuide-se, rapazinho. Já vi seu tipo antes e estou lhe avisando: nem pense em encostar um dedo na minha sobrinha. Não se souber o que é bom para você.

Desferi um olhar de ódio para a minha tia-avó Rose. Era só o que me faltava, que ela desse ao Rob ainda mais uma desculpa para ele não sair comigo.

Contudo, Rob mal parecia ter ouvido o que ela disse. Em vez disso, olhava apenas para mim, com aqueles nebulosos olhos cinzentos impossíveis de serem lidos...

Quase. Eu estava com bastante certeza de que lia algo em seu maxilar quadrado. Algo que dizia: *Obrigado por nada.*

Foi só então que me dei conta de que eu tivera uma oportunidade perfeita para apresentá-lo à minha mãe e que, em meio ao pânico, ferrei com tudo.

Mas, ei, quem é que tivera a chance perfeita para me convidar para ser sua acompanhante ao casamento de seu tio Randy na véspera de Natal e ferrou com tudo?

Quando voltei à fila para ver o Papai Noel, com as sacolas da minha mãe nas mãos e a minha tia-avó Rose a reboque, foi só para ouvir Ruth sussurrar um "Você me deve uma", numa voz baixa. Demorei um minuto para perceber o que Ruth queria dizer. Ouvi risadinhas. Olhando além do campo de algodão que compunha a falsa neve que nos cercava, vi Karen Sue Hankey e algumas de suas amiguinhas apontando para nós e se acabando de dar altas risadas.

Eu realmente não acho que a minha mãe deveria ter ficado tão brava com o gesto que fiz para elas, apesar de haver criancinhas ao redor. Criancinhas que provavelmente nem conheciam o significado do gesto. Com certeza a minha tia-avó Rose não conhecia.

— Não, Jessica — informou ela num tom ácido, um segundo depois. — O sinal de paz é com dois dedos e não um. Eles não ensinam a vocês, crianças, nada na escola esses dias?

Capítulo 7

Havia mais carros do que nunca do lado de fora da casa dos Hoadley — quero dizer, dos Thompkins — quando chegamos em casa, voltando do shopping algum tempo depois naquela tarde.

Fiquei surpresa pelos Thompkins terem tantos conhecidos. Sendo novos na cidade, eles eram bem populares.

— Olha! — disse Ruth, assim que saí do carro dela. — O treinador Albright está lá.

Sem uma sombra de dúvida, reconheci o Dodge Plymouth do treinador, o que não era algo difícil porque ele tinha pintado o carro de roxo e branco, as cores da escola Ernie Pyle High.

— Meu Deus — comentou Ruth, num tom empático, enquanto eu descia do carro dela. — Pobre Tasha. Você consegue imaginar toda essa falação na sua sala de estar um dia depois de seu irmão ter sido assassinado? Esse tem que ser um daqueles círculos do Inferno de que o Dante estava falando. — Estamos estudando o *Inferno* de Dante nas aulas de inglês. Bem, todo o resto do pessoal está. Eu fico a maior parte do tempo jogando Tetris no meu Gameboy com o som desligado.

— Passa aqui mais tarde com aquela foto — falei. — Quero dizer, se o garoto da sua sinagoga ainda estiver desaparecido quando você chegar em casa.

— Ele estará — disse Ruth, de forma triste. — Hoje parece ser um dia destinado à tragédia humana. Tipo, olha para o meu novo suéter.

Fechei a porta do carro da Ruth com uma batida e comecei a cruzar o quintal para entrar em casa. A neve sobre a qual o Canal do Tempo falava ainda não tinha dado as caras, mas havia uma espessa camada de nuvens branco-acinzentadas suspensas. Nem uma pontinha de azul em lugar algum. E o vento estava bem penetrante. O meu rosto, a única parte de mim que estava exposta aos elementos da natureza, praticamente ficou congelado durante a minha caminhada de uns 6,5 metros da entrada de carros até a nossa porta da frente.

— Ei! — gritei, conforme entrava em casa. — Cheguei! — Era seguro gritar isso, considerando que Ruth e eu tínhamos chegado antes da minha tia-avó Rose e da minha mãe em casa. Então, as únicas pessoas que poderiam ter me ouvido eram aquelas com as quais eu realmente não me importava de conversar.

Só que ninguém respondeu ao meu grito. A casa parecia estar vazia.

Fui caminhando até a mesa do corredor para checar as correspondências. Catálogos de Natal, catálogos de Natal, catálogos de Natal. Era incrível a forma como aqueles catálogos de Natal iam se empilhando, começando até mesmo antes do Halloween. Os nossos iam todos direto para a lixeira de reciclagem.

Uma conta a pagar. Outra. Uma carta de Harvard, endereçada aos meus pais, sem dúvida implorando a eles que reconsiderassem a saída do Mike de lá. Como se eles tivessem algum poder de escolha em se tratando desse assunto. Mike havia comprado uma passagem só de volta para casa no minuto em que ficou sabendo que a sua dama tinha sido hospitalizada por quase ter sido assassinada, e depois se recusara a voltar para Harvard, porque Claire e seus olhos azuis foram com tudo pra cima dele. (Claire me disse que é bem mais legal ter um namorado na faculdade do que um que ainda esteja no ensino médio. Acho que até mesmo se o tal namorado for um supernerd.)

Não havia nada nas correspondências para mim. Nunca tem nada em meio a elas para mim. Todas as minhas correspondências, nas circunstâncias atuais, são enviadas a mim, em segredo, pela minha amiga Rosemary do Disque-Desaparecidos, através da Ruth, que depois as entrega clandestinamente. Porém, Rosemary estava em Rhode Island, visitando a mãe no feriado de Ação de Graças, então eu não estava esperando por nada que viesse dela essa semana. As crianças desaparecidas teriam que esperar até a próxima semana para serem encontradas.

Menos Seth Blumenthal, se ele, de fato, estivesse desaparecido.

Soltando um suspiro, tirei meu chapéu e as luvas, enfiei-os nos bolsos do meu casaco e fui pendurá-lo perto da porta da garagem. Uma análise atenta da geladeira me revelou que ninguém tinha passado por ali com nenhuma oferta interessante de conforto em forma de comida. Dei umas mordiscadas em algumas sobras de torta de caqui, mas o meu coração realmente não estava ali. Seria de imaginar que eu estaria ali, parada, pensando no que estava acontecendo do outro lado da rua. Quero dizer, sobre Nate e tudo o mais. Uma criança de 16 anos assassinada antes mesmo de tirar a carteira de motorista... E por quê? Por estar usando as cores erradas da gangue?

Mas é claro que eu não estava pensando no Nate coisa nenhuma. Estava pensando no Rob e no quão magoado ele pareceu quando não o apresentei à minha mãe. Bem, o quão magoada ele acha que eu me senti quando fiquei sabendo da cerimônia de casamento para a qual ele não tinha me convidado? Ele não poderia ter tudo do seu jeito. Ele não poderia insistir que não podemos sair juntos por causa da nossa diferença de idade e depois ficar magoado por eu não tê-lo apresentado à minha mãe.

Nós dois, definitivamente, tínhamos alguns problemas em nosso relacionamento que precisavam ser trabalhados. Talvez precisássemos ir ao programa da Oprah e conversarmos com aquele tal doutor careca que está sempre por lá.

— Doutor, a minha namorada tem vergonha de mim — eu quase conseguia ouvir Rob dizendo. — Ela não quer me apresentar aos pais dela.

— Bem, o meu namorado não confia em mim — eu retorquiria. — Ele não quer me dizer o motivo pelo qual foi preso. Nem me convidar à cerimônia de casamento do tio dele, Randy.

É. Nós dois no programa da Oprah. Até parece que isso ia acontecer.

Somente quando subi ouvi as vozes. Tenho que admitir que meu irmão, Douglas, até mesmo quando não está tendo uma de suas crises, tem uma tendência a falar sozinho.

Porém, dessa vez, alguém estava respondendo. Eu tinha certeza disso. A porta do quarto dele estava fechada, como sempre, mas pressionei meu ouvido para escutar a conversa e, sem sombra de dúvidas, havia duas vozes.

E uma delas era de uma *garota.*

Presumi que era Claire. Talvez ela estivesse consultando Douglas para ter uma ideia do que dar ao Mike de presente de Natal. Ou tinha ido falar com Douglas em busca de conselhos porque o relacionamento dela com Mike estava com problemas...

Mas por que ela iria até Douglas falar algo assim? Por que não eu? Estava claro que eu seria a escolha lógica. Quero dizer, posso ser meio maluca e tal, com os meus poderes psíquicos, mas sou menos doida do que Douglas, por mais que eu o ame.

Não pude evitar. Sei que não deveria, mas o fiz mesmo assim. Bati uma vez na porta e, então, a abri com tudo.

— Ei, bonitão — comecei a dizer. — O que está cozinhando aí no seu caldeirão?

Só que não era Claire que estava no quarto do Douglas. Não era Claire de jeito nenhum.

Era Tasha Thompkins.

Meu queixo caiu tanto ao vê-la, sentada recatadamente na ponta da cama do Douglas, com sua cacharrel preta e seu pulôver cinza de lã, que, juro, senti-o bater no chão.

— Ah — disse ela, ao me ver, com seus olhos castanhos, cheios de lágrimas, tão suaves quanto sua voz. — Oi, Jess.

— O... — falei. Eu não conseguia pensar numa única coisa a dizer. Nunca, num milhão de anos, eu tinha esperado abrir a porta do quarto do Douglas e me deparar com uma garota lá. Muito menos uma garota com quem ele não tivesse nenhuma ligação sanguínea nem que estivesse namorando o seu irmão mais novo. — O... O... O...?

— Feche a porta do celeiro — disse Douglas, suavemente, para mim, de onde ele estava sentado, que era na frente de seu computador. — Está deixando os mosquitos entrarem.

Calei a boca na hora. Mas não conseguia pensar em nada a dizer. Só fiquei com o olhar fixo na Tasha, que parecia arrumadinha e bonita e não deslocada, o que era estranho, no quarto do Douglas, cheio de livros e revistas em quadrinhos.

— Eu simplesmente não aguentava mais — disse Tasha, me ajudando um pouquinho. — Quero dizer, lá na nossa casa. É simplesmente tão... Bem, o treinador Albright está lá agorinha mesmo.

— Vi o carro dele — consegui falar.

— Sim — disse Tasha. — Bem. Eu não conseguia mais suportar aquilo. Então me lembrei que da última vez em que vi Doug, ele tinha me dito que tinha umas edições bem antigas de uma revista em quadrinhos de que eu gosto, e que eu poderia dar uma passada aqui um dia desses para dar uma olhada nelas. — Ela deu de ombros... ombros esguios. — Então dei uma passada aqui. — Quando não falei nada, e só continuei encarando-a, Tasha me perguntou, parecendo vagamente preocupada. — Está tudo bem para você, não está, Jessica?

Eu tentei responder que "sim", mas o que saiu foi algum tipo de ruído distorcido, tipo os que Helen Keller fez no filme sobre a vida dela. Então, simplesmente fiz que sim com a cabeça.

— Não se preocupe com Jess — disse Douglas. — Ela só é tímida.

Esse comentário do meu irmão fez com que Tasha risse um pouquinho.

— Não foi o que ouvi dizer — comentou ela. Então Tasha pareceu se sentir culpada. Por ter dado risada, e não pelo que tinha dito.

— Eu estava perguntando a Tasha sobre Nate — disse Douglas, de um jeito casual, como se estivesse continuando uma conversa que foi interrompida.

Tentei me esforçar para falar algo que soasse inteligente.

— Eu sinto muito... — Foi tudo que consegui dizer. Quando Tasha só ficou olhando para mim, continuei: — Em relação ao seu irmão, quero dizer.

Tasha abaixou o olhar para os seus sapatos.

— Obrigada — disse ela, tão baixinho que eu mal consegui ouvi-la.

— Acontece — disse Douglas, depois de soltar um pigarro — que Nate tinha alguns amigos repulsivos.

Tasha assentiu, com uma expressão séria no rosto.

— Mas eles não teriam feito isso — explicou ela. — Quero dizer, matarem o meu irmão. Eles não passavam de um bando de pirados que se achavam os tais, sabem?

Quando Douglas e eu olhamos para Tasha inexpressivos, ela explicou melhor. Aparentemente, a galera de Chicago não diz só "olá" em vez de "ei". Eles têm um "idioma" inteiro só deles.

— Eles eram os caras — explicou Tasha. — Mandavam na escola.

— Ah — falei. Douglas parecia ainda mais confuso do que eu.

— Era tudo tão tosco — disse Tasha, balançando a cabeça de modo que as pontas encaracoladas de seus cabelos, mantidas para trás com um segundo prendedor na parte da nuca, arrastaram em seus ombros. — Tipo, o único motivo pelo qual eles queriam ter Nate por perto era por causa do nosso pai. Vocês sabem. Blocos de receitas e tal. Oxicodona dá uma boa onda para um fim de semana.

Assenti como se soubesse do que ela estava falando.

— Mas Nate, ele se sentia bajulado, sabem? Tentei falar pra ele que aqueles caras só estavam usando-o, mas ele não me dava ouvidos. Felizmente, não demorou muito para que o meu pai descobrisse. Nate sempre foi um bom aluno, sabem? Então, quando as notas dele começaram a cair... — Tasha fitou um pôster de *O senhor dos anéis* na parede do quarto do Douglas, mas estava claro que ela não o estava vendo realmente. O que ela via era algo completamente diferente.

— Meu pai ficou tão ensandecido — prosseguiu ela, depois de um minuto —, que tirou nós dois da escola. Ele aceitou o trabalho aqui bem no dia seguinte. Nós nos mudamos pra cá naquela semana.

Eita! Falando em amor bruto.

Mas acho que conseguia entender o ponto de vista do Dr. Thompkins. Tipo, com certeza, a minha família tinha problemas, mas drogas nunca foi um deles.

— Então. — Eu não queria trazer à tona um assunto que claramente seria doloroso para ela, mas não via como poderia ser evitado. — Foi isso que aconteceu com ele? Com o seu irmão, quero dizer. Aqueles, hum, doidões o pegaram? Por ele não dar mais blocos de receitas ou algo do gênero?

Tasha balançou a cabeça, parecendo perturbada.

— Eu não sei — disse ela. — Quero dizer, aqueles caras não eram nada confiáveis, mas também não eram assassinos.

Fiquei pensando durante um minuto.

— E quanto àquele símbolo?

Douglas, na escrivaninha dele, estava fazendo um movimento de corte com a mão por baixo do queixo, mas era tarde demais.

Tasha olhou para mim, inexpressiva.

— Que símbolo?

Eu tinha ferrado com tudo. Tasha não sabia disso. Não tinha conhecimento algum dos detalhes da morte do irmão.

— Nada — falei. — É só que, hum... Vêm surgindo umas pichações na cidade e algumas pessoas estavam especulando que se tratava de uma marca de gangue.

— Vocês acham que o meu irmão fazia parte de uma gangue? — perguntou Tasha, com um tom de voz de incredulidade.

Douglas deixou sua testa pender para uma de suas mãos, como se não conseguisse suportar assistir à cena.

— Bem — falei. Eu não poderia contar a ela a verdade, é claro. Sobre o símbolo ter sido entalhado no peito do irmão dela. — É meio que o rumor que está rolando.

Tasha podia não conseguir enxergar as coisas bem de perto sem a ajuda de óculos, mas conseguia enxergar as coisas de longe sem problema algum. Ela fixou o olhar em mim.

— Porque ele é negro — disse ela num tom severo de voz. — As pessoas presumiram que Nate fazia parte de uma gangue e que era ele quem estava por aí marcando as coisas por ele ser negro.

— Hum — falei, lançando para Douglas um olhar alarmado. — Bem, não exatamente. Você mesma falou que ele estava saindo com, hum, um mau elemento...

— Para a sua informação — falou Tasha, levantando-se. Como quase todos no mundo, ela era mais alta do que eu. — O tal mau elemento era branco. Nós não nos mudamos para cá, como você parece achar, do gueto, sabe?

— Olha — comecei, na defensiva. — Nunca falei uma coisa dessas. Tudo que disse é que é bizarro que esse símbolo tenha começado a aparecer por aí na cidade ao mesmo tempo em que vocês tinham acabado de se mudar para cá, e eu só estava me perguntando se...

— Se nós trouxemos o elemento criminoso até aqui conosco da cidade grande e ruim? — Tasha abaixou a mão e pegou seu casaco, que estava largado na cama ao lado dela. — Sabe, a polícia vem nos fazendo esse mesmo tipo de perguntas. Todos eles querem acreditar na mesma coisa que você, que meu irmão merecia ser morto por causa das pessoas com quem ele estava associado. Bem, tenho uma novidade para os policiais nessa cidade e para você também, Jessica. Não foi nenhuma gangue de rua do mal da cidade grande que assassinou o meu irmão. Foi um assassino local, que cresceu aqui.

Com isso, ela saiu batendo os pés do quarto do Douglas. Foi somente depois de ouvirmos a porta da frente bater atrás dela que o meu irmão começou a aplaudir.

— Muito bem! — disse ele. — Você já levou em consideração alguma vez na vida seguir uma carreira no corpo diplomático?

Eu me afundei na cama do meu irmão no lugar que Tasha tinha deixado vago.

— Ah, me deixa!

Notando a minha expressão séria, Douglas disse:

— Ah, se anima. Ela vai se esquecer disso. Ela acabou de perder o irmão, no fim das contas.

— É, e eu realmente fui de grande ajuda — falei. — Deixando implícito que ele era um membro de uma gangue e merecia isso.

— Você não deixou isso implícito — falou Douglas. — Além do mais, eu basicamente estava perguntando essas mesmas coisas a ela quando você entrou no quarto.

— É, bem, eu percebi que ela não soltou os cachorros pra cima de *você*.

— Bem — respondeu Douglas. — Quem conseguiria fazer isso? Considerando o meu charme pessoal e tudo o mais.

Mas notei um leve rubor subindo às bochechas dele que não estava lá antes.

— Eita! — falei, sentando-me direito. — Douglas!

Ele olhou para mim com ares de suspeita.

— Que foi?

— Você gosta dela! Admita!

— É claro que gosto dela. — Douglas se virou de volta para o seu computador e começou a digitar com rapidez. Ele consegue digitar até mesmo mais rápido do que Mikey quando está focado. — Ela parece ser uma pessoa muito legal.

— Não, mas você gosta *mesmo* dela — falei. — Você gosta, *tipo tá a fim dela!*

Douglas parou de digitar. Então se virou na cadeira do computador e disse:

— Jess, se você contar isso a alguém, eu mato você.

Revirei os olhos.

— Vou contar pra quem? Então, por que você não a chama pra sair?

— Bem, antes de mais nada — disse Douglas —, porque, graças a você, agora ela me odeia até a alma.

Eu me ressenti com isso que ele disse.

— Você falou que ela ia se esquecer disso!

— Só estava dizendo isso para fazer você se sentir melhor. Encara a verdade. Você arruinou tudo.

— Ah, de jeito nenhum! — Eu me levantei e saí da cama dele. — Você não vai jogar a culpa por ela não querer sair com você pra cima de mim. Não quando nem mesmo a convidou pra sair ainda! Por que não a chama pra ver um filme amanhã à noite? Um daqueles filmes independentes esquisitos que doidos por quadrinhos como vocês estão sempre indo ver.

— Hum — disse Douglas. — Deixe-me ver. Porque o irmão dela acabou de ser assassinado?

— Ah, é... — falei, triste. Então me animei. — Mas você pode convidá-la como amiga. Tipo, ela deve estar enlouquecendo lá na casa dela, com o treinador Albright rondando. Aposto que ela aceitaria o convite.

— Vou pensar nisso — disse Douglas, e se virou de novo para seu computador. — Sobre o seu símbolo. Vim pesquisando isso o dia todo, mas não consegui achar nada sobre ele. Tem certeza de que o desenhou direito?

— É claro que tenho certeza! — falei. — Douglas, estou falando sério, você deveria mesmo chamar Tasha pra sair.

— Jess — disse ele, olhando para seu monitor. — Ela está no ensino médio.

Lembranças de mim e do Rob, no celeiro, na noite anterior, me voltaram à mente como se fossem um dilúvio. Mas fui firme e coloquei-as de lado.

— E? — falei. — Ela é do último ano e madura para a idade dela. Você é imaturo para a sua. Vocês são um par perfeito.

— Obrigado — disse Douglas, num tom de escárnio.

Naquele instante, ouvi a voz da Ruth me chamando pelo nome. Como era costumeiro entre a gente, ela já havia entrado em casa.

— Estou com aquelas coisas — disse ela, aparecendo na entrada do quarto do Douglas um minuto depois, sem fôlego e coberta de flocos de neve. Acho que o Canal do Tempo estava certo no fim das contas. — Sobre Seth Blumenthal. Sabe, o garoto que desapareceu hoje de manhã. Ah, ei, Douglas.

— Ei — disse Douglas a Ruth, sem fazer contato visual com ela, como era o costume *dele.*

— Foi Tasha Thompkins que acabei de ver saindo daqui? — perguntou Ruth.

— Sim — falei. — Ela era mesma.

— Eu não sabia que vocês duas eram tão amigas — disse Ruth para mim, enquanto começava a desenrolar sua echarpe do pescoço. — Foi legal da sua parte convidá-la a vir até aqui.

— Eu não fiz isso — falei.

Ruth parecia confusa.

— Então o que ela estava fazendo aqui?

— Pergunte a *ele* — falei, inclinando a cabeça na direção do Douglas.

Ele abaixou a cabeça e se escondeu atrás do computador, mas eu ainda podia ver as pontinhas de suas orelhas ficando vermelhas.

— O que um cara precisa fazer — indagou ele — para ter um pouco de privacidade?

Capítulo 8

Quando acordei na manhã seguinte, sabia onde estava Seth Blumenthal.

E o lugar onde Seth Blumenthal estava não era bom. Não era um lugar nada bom.

Ter o poder psíquico de encontrar alguém, qualquer um que seja, não é algo fácil com que se conviver. Tipo, veja como, agora, só de olhar para a foto na parede do quarto da Sra. Wilkins, eu sabia desse lance sobre o pai do Rob. Digo a você: eu teria trocado qualquer coisa no mundo para não ter posse de tais informações.

Tal como eu teria trocado qualquer coisa no mundo para não ter que fazer o que eu sabia que tinha que ser feito em seguida.

Nada demais, certo? É só pegar o telefone e discar para a polícia, não é?

Não. Não mesmo.

Normalmente, quando entram em contato comigo em relação a uma criança desaparecida, as coisas funcionam assim: eu me certifico, antes de ligar para qualquer um que seja, de que a criança realmente queira ser encontrada. Isso se deve ao fato de que uma vez encontrei um garoto que estava bem melhor desaparecido do que sob a custódia de seu pai, que era um cara verdadeiramente sinistro. Desde então, faço todo o possível para ter certeza de que as crianças não estejam em condições melhores desaparecidas.

Porém, no caso do Seth, não havia nem o que questionar. Não havia questionamento algum.

Mas eu não poderia simplesmente pegar o telefone, ligar para a polícia, dizer: "Ah, oi, a propósito, vocês vão encontrar Seth Blumenthal na rua patati-patatá, número tal; apressem-se e vão lá buscá-lo, a mãe dele está sentindo muito a falta do menino" e desligar num clique.

Porque desde que todo esse lance psíquico começou e o governo dos Estados Unidos passou a expressar o seu grande desejo de me incluir em sua folha de pagamentos, venho fingindo que não tenho mais os meus poderes. Então, como soaria se eu ligasse para a polícia e dissesse: "Ah, é, sabem Seth Blumenthal? Eis o lugar onde vocês vão encontrá-lo."

Nada legal. Nada nem um pouco legal, de modo algum.

Então, eu tinha que me levantar e ir atrás de um telefone público em algum lugar para que, pelo menos, tivesse algo parecido com uma negação da próxima vez em que Cyrus Krantz me acusasse de mentir sobre as minhas "habilidades especiais".

Mas me deixe dizer, se houve algum dia em que considerei desistir de todo o lance do subterfúgio, foi esse.

Isso porque quando saí cambaleando da minha cama em direção ao aquecedor, que eu sempre desligava antes de dormir, só para acordar com lascas de gelo praticamente formadas nas minhas narinas, acabei olhando para o lado de fora da janela e notei que a Lumbley Lane estava completamente coberta de branco.

Isso mesmo. A neve tinha começado a cair por volta das quatro da tarde do dia anterior e, ao que tudo indicava, não havia parado. Devia haver quase um metro pelo menos de coisa branca fofinha já no chão, e mais continuava caindo.

— Que ótimo — murmurei, enquanto me apressava a calçar um par extra de meias e todas as flanelas que pudesse. — Simplesmente ótimo!

Com aquela neve toda, naturalmente o silêncio dominava tudo lá fora. Porém, tal silêncio também parecia haver se instalado no lado de dentro da casa. Conforme fui descendo as escadas, percebi que os quartos de Douglas e de Mikey estavam vazios. E, quando fui para a cozinha, a única pessoa que estava sentada lá, infelizmente, era a minha tia-avó Rose.

— Espero que você não ache que vai sair vestida assim — disse ela, por cima da xícara de café fumegante que estava segurando. — Porque parece que só jogou algumas roupas velhas por cima do seu pijama.

Como era exatamente isso o que eu tinha feito, não fiquei irritada com o comentário dela.

— Eu só estou indo até a loja de conveniência — falei. Fui até o hall da entrada e comecei a calçar as botas. — Já volto. Quer algo de lá?

— Loja de conveniência? — A minha tia-avó Rose parecia chocada. — Você tem uma geladeira com um estoque de todos os tipos de comida imagináveis e ainda assim não consegue achar algo para comer? De que você possivelmente precisaria de uma loja de conveniência?

— Absorventes internos — falei, para que ela calasse a boca.

Porém, isso não deu certo. Ela simplesmente começou um discurso sobre a síndrome do choque tóxico sobre a qual tinha visto um episódio num programa da Oprah uma vez.

— E na hora em que chegaram até ela — minha tia-avó Rose estava dizendo, enquanto eu andava de um lado para o outro, batendo os pés, procurando por um par de luvas de lã — o útero dela tinha caído para fora do corpo!

Eu conhecia alguém cujo útero eu gostaria que caísse para fora do corpo! Porém, não disse isso. Coloquei um gorro de esqui por cima dos meus cabelos bagunçados de ficar na cama e falei:

— Logo estou de volta. A propósito, onde está todo mundo?

— O seu irmão Douglas — disse a minha tia-avó Rose — saiu para aquele emprego ridículo naquela loja de revista em quadrinhos. Eu não sou capaz de imaginar o que seus pais podem estar pensando ao permitirem que ele jogue fora o tempo dele em um emprego sem futuro como aquele. Ele deveria estar estudando. E não venha me dizer que ele é doente. Não há uma única coisa de errado com Douglas, além do fato de que os seus pais o estão mimando quase até a morte. Aquele menino não precisa de remédios, e sim de um rápido chute naquela bundinha dele.

Eu conseguia ver os motivos pelos quais nenhum dos próprios filhos da minha tia-avó Rose a convidavam para passar os feriados com eles. Ela era uma verdadeira alegria de se ter por perto.

— E quanto à minha mãe e ao meu pai? — perguntei. — Onde estão eles?

— O seu pai foi até um daqueles restaurantes dele — disse a minha tia-avó Rose, em grandes tons de desaprovação. Provavelmente, na opinião dela, trabalhar em restaurantes também era um outro exemplo de tempo jogado no lixo. — E o seu outro irmão saiu com a sua mãe.

— Ah, é? — Vesti o casaco maior e mais pesado que consegui achar. Era a parka velha de esquiar do meu pai. Era cerca de dez vezes o meu tamanho, mas era quentinha. E daí que eu estava parecendo o Nanook do Norte? Com certeza não estava tentando impressionar os caras da *Stop and Shop*. — Aonde eles foram?

— Até o local do incêndio — disse a minha tia-avó Rose, e se voltou para o jornal que estava estirado à sua frente. RESIDENTE LOCAL ENCONTRADO MORTO, gritava a manchete. SUSPEITA DE CRIME. Ah, não, dã!

Achei que a minha tia-avó Rose tinha finalmente endoidado de vez. Sabe, Alzheimer. Porque o incêndio que tinha trazido abaixo o Mastriani's tinha acontecido fazia quase três meses.

— Você está se referindo ao Mastriani's? — perguntei. — Eles foram ao local da obra? — Não fazia muito sentido que tivessem ido até lá, especialmente num dia como hoje. Os empreiteiros que estavam reconstruindo o restaurante tinham tirado folga total por causa do inverno. Eles disseram que terminariam as obras por lá na primavera, quando o solo não estivesse tão duro.

Então, o que a minha mãe e Michael estariam fazendo num terreno vazio?

— Não aquele incêndio — disse a minha tia-avó Rose, com desprezo. — O novo. Aquele na igreja dos judeus.

Agora a minha atenção estava inteiramente voltada para a minha tia-avó Rose. Fiquei olhando para ela, pasma.

— Está acontecendo um incêndio na sinagoga?

— Sinagoga — disse a minha tia-avó Rose. — É assim que eles a chamam. Que seja. Para mim, parece uma igreja.

— Tem um *incêndio* acontecendo na sinagoga? — repeti a pergunta, dessa vez, mais alto.

A minha tia-avó Rose me desferiu um olhar cheio de irritação.

— Foi o que eu disse, não foi? E não precisa gritar, Jessica. Eu posso ser velha, mas não sou...

Surda, foi provavelmente o que ela disse. Eu nem teria como saber, pois caí fora antes que ela pudesse terminar a frase.

Um incêndio na sinagoga. Isso não era uma coisa boa. Tipo, não que eu frequente o templo, pois não sou judia.

Mas Ruth e a família dela vão ao templo. Eles vão muito ao templo.

E se o incêndio era grande o bastante para que a minha mãe e Mike tivessem se sentido compelidos a ir...

Ah, sim! O incêndio era grande o bastante. Vi a nuvem negra de fumaça antes mesmo de chegar ao fim da Lumbley Lane, o que não era nada bom.

Fui avançando a passos pesados pela neve, seguindo em direção à *Stop and Shop*, que, felizmente, fica na mesma direção da sinagoga. Eles abrem caminhos em meio à neve na minha cidade, mas leva uma eternidade para que cheguem às ruas residenciais. Eles retiram a neve em todas as estradas nas cercanias do hospital e da corte judicial em primeiro lugar, depois seguem para as áreas residenciais... se não tiverem que voltar e fazer tudo de novo nas estradas importantes, o que, numa tormenta dessas, se faria necessário. Eles nunca se incomodavam com as rotas rurais. Uma grande tormenta tendia a garantir que todo mundo que morasse do lado de fora dos limites da cidade ficasse preso por causa da neve durante dias. O que era bom para as crianças — nada de escola —, mas não tão bom para os adultos, que tinham que ir trabalhar. Não haviam limpado a Lumbley Lane. Somente na nossa entrada de carros a neve tinha sido retirada com pás. O Sr. Abramowitz, o campeão em remover a neve com pá, mal tinha feito uma marquinha em sua entrada de carros... Apenas o bastante tinha sido removido com a pá, de forma que ele pudesse sair com o carro, sem sombra de dúvida para que ele e sua família pudessem ir até a sinagoga e ver o que poderiam fazer para ajudar, da mesma forma como a minha mãe e Mike fizeram. Numa cidade pequena, as pessoas tendem a juntar esforços, o que pode ser algo bom, mas também ruim. Por exemplo, pessoas tendem a se juntar para saberem das últimas fofocas, o que — para exemplificar, como no caso do Nate Thompkins — nem sempre era muito útil.

Quando cheguei à *Stop and Shop*, que ficava apenas a algumas ruas da minha casa, eu estava arfando por causa do esforço de cruzar com dificuldade tanta neve. Além do mais, parecia que o meu rosto estava congelado por causa do vento que o chicoteava, apesar do volumoso capuz da parka do meu pai.

Ainda assim, eu não poderia entrar na loja para me aquecer. Tinha que usar o telefone público perto do tubo de ar.

— É — falei, quando o operador da emergência atendeu. — Você pode, por favor, informar à polícia que o garoto que eles estão procurando, Seth Blumenthal, está no 560 da estrada rural 1, no segundo trailer à direita da placa do Mr. Shaky's?

O operador, pasmo, perguntou:

— O quê?

— Olha... — falei. Isso era mesmo muita sorte minha. Sabe, ser atendida por um operador da emergência que parecia ter sofrido morte encefálica bem no meio de uma tempestade de neve! — Pega uma caneta e anota. — Repeti mais uma vez a minha mensagem. — Entendeu?

— Mas...?

— Tchau.

Desliguei o telefone. Ao meu redor, os flocos de neve rodopiavam como se fossem milhões de minúsculas bailarinas em seus tutus brancos e cobertos de penugem. Sabe, como naquele filme, *Fantasia,* da Disney. Ou talvez fossem sementes de serralhas. Seja lá o que fossem, em qualquer outro momento, teria sido bonito.

Naquelas circunstâncias, porém, era um tremendo dum pé no saco.

Eu poderia ter entrado na *Stop and Shop* pra me aquecer, mas decidi não fazer isso. Seria simplesmente a minha sorte se Luther — ele trabalhava no turno do sábado de manhã na *Stop and Shop* desde que eu era criancinha, e eu vivia indo lá religiosamente todos os fins de semana, para torrar a minha mesada em alcaçuz e Bazooka Joe — lembrasse que eu tinha estado por ali. Quero dizer, quando Cyrus aparecesse e começasse a fazer perguntas, depois que Seth Blumenthal fosse encontrado. A memória do Luther era tipo uma armadilha de aço. Ele conseguia dizer os nomes de todas as corridas que Dale Earnhardt tinha vencido na vida.

Tanto a neve quanto o vento estavam bem ruins, mas ainda não havia chegado ao nível de nevasca. Dava para andar, mas num passo bem desajeitado mesmo. No entanto, se eu tivesse um carro, provavelmente teria sido tão ruim quanto. Quero dizer, o progresso que eu teria feito seria quase o mesmo.

Na hora em que finalmente cheguei à sinagoga, o vento tinha abrandado um pouco. Porém, ainda havia aquele silêncio assustador que toma conta dos ambientes quando tudo fica coberto por um carpete de neve... isso, apesar de todos os carros do corpo de bombeiros e dos homens correndo com as mangueiras. Avistei a minha mãe, parada em pé no estacionamento da sinagoga — toda a neve lá tinha derretido por conta das chamas e da água dos carros dos bombeiros — com Mikey e os Abramowitz. Fui seguindo o meu caminho em meio ao labirinto de mangueiras no chão até onde eles estavam.

— Qual é a dessa cidade — perguntei à minha mãe — que os prédios ficam se desfazendo em chamas?

— Ah, querida — disse a minha mãe, envolvendo-me suavemente com o braço. — O que você está fazendo aqui? Não veio andando esse caminho todo, veio?

— Com certeza — falei, dando de ombros. — Qualquer coisa para me ver livre da tia Rose.

Minha mãe, distraída, passou os dedos no meu capuz.

— Por que você está usando o casaco velho do seu pai? — indagou. Mas não tive a oportunidade de lhe dar uma resposta porque Michael me deu um soco no braço.

— Então você finalmente decidiu se juntar a nós, hein? — disse ele.

— É — falei. — Obrigada por ter me acordado.

— Eu tentei — disse Michael. — Você estava morta para o mundo. Além do mais, parecia que estava no meio de um pesadelo dos infernos!

Ele não estava brincando. Só que não tinha sido o meu pesadelo. Tinha sido a realidade do Seth Blumenthal.

Ruth, que estava parada ali com o irmão e seus pais, tinha uma aparência muito infeliz. Seu nariz estava vermelho, e lágrimas rolavam por sua face. Eu também não achava que era por causa do frio.

— Você está bem? — perguntei a ela.

— Na verdade, não — respondeu Ruth. — Quero dizer, já estive melhor.

— Ah, Jess. — A Sra. Abramowitz notou a minha presença ali pela primeira vez. — É você. — Acho que ela não havia me reconhecido de imediato por eu estar vestindo a parka de esquiar do meu pai. — Isso não é horrível?

A palavra "horrível" era pouco para descrever o que havia ocorrido. O prédio havia sido quase destruído por completo. Apenas algumas de suas paredes internas permaneciam em pé. O restante eram só escombros torrados, negros em contraste com a brancura da neve.

— Eles não conseguiram chegar aqui rápido o bastante a tempo de salvar a sinagoga — disse a Sra. Abramowitz, limpando uma lágrima na ponta do nariz, onde ela havia ficado presa. — Por causa do gelo.

— Agora, Louise — disse a minha mãe, estendendo as mãos para dar um apertãozinho nos ombros da Sra. Abramowitz. — Lembre-se do que me disse quando era o restaurante pegando fogo. São as pessoas que importam, e não o prédio.

— Certo — falou o Sr. Abramowitz. Ele e Skip estavam parados ali, junto com alguns outros homens, reunidos por causa do vento. — Ninguém se feriu. E é isso que importa.

— Não — disse a Sra. Abramowitz, com ares de pesar. — Mas... mas a Torá! É horrível *demais!*

Desferi um olhar questionador a Ruth.

— A Torá — explicou ela. — Sabe? Os pergaminhos sagrados. Acham que foi no que eles colocaram fogo primeiro.

— Eles? — Fiquei observando-a. — Do que você está falando? Alguém *armou* esse incêndio? De *propósito?*

— Julgue por si mesma — falou Ruth, e apontou para um lugar.

Meu olhar seguiu direção de sua mão enluvada. Do outro lado da rua, em frente à sinagoga, ficava o único cemitério judeu da nossa cidade. Por não existirem tantos judeus no sul de Indiana — havia mais igrejas aqui do que McDonalds, com certeza —, o cemitério era bem pequeno.

Então, tinha sido bem fácil para quem quer que tivesse ido até a cidade derrubar todas as lápides.

Ah, sim. Todas. Uma por uma. Menos, é claro, os mausoléus, que eles não conseguiram derrubar. No entanto, ficaram satisfeitos em pintar suásticas neles com spray. Suásticas e uma outra coisa. Algo que me parecia familiar.

Levou-me um minuto, mas, por fim, o reconheci: o símbolo que eu tinha visto no peito do Nate Thompkins.

Capítulo 9

— Trata-se de uma gangue — disse Claire.

— Não é nenhuma gangue, OK? — Eu estava andando de um lado para o outro no corredor do lado de fora do quarto do Michael. — Nate Thompkins não era membro de gangue alguma!

— Só porque a irmã dele não quer acreditar nisso — ressaltou Michael —, não quer dizer que não seja verdade.

— Ela me disse que tudo que eles queriam eram que ele descolasse receitas de remédios controlados — falei. — Aquilo que aconteceu lá na sinagoga parece obra de pessoas cujo interesse principal é curtir?

Lancei um olhar irritado a eles dois, mas não valeu de nada. Eles se recusavam a ficar tão desconcertados quanto eu estava. Isso se devia, em parte, ao fato de que Claire estava sentada no colo do Michael. Imagino que seja difícil ficar chateada com assassinatos, incêndios criminosos e crimes por preconceito quando se está toda aconchegadinha com aquele alguém especial.

— Foram os caipiras, então — disse Claire, encolhendo os ombros.

Pisquei para ela.

— O que foi que você acabou de falar?

— Bem, pense a respeito — disse Claire. — Nós ficamos todos tão preocupados, quando os Thompkins se mudaram para cá, de que os caipiras fossem fazer alguma coisa. Sabe, queimar uma cruz no gramado deles, fosse lá o que fosse. Talvez os caipiras tenham feito isso. Matado Nate.

O olhar de Michael ficou iluminado.

— Ei! — disse ele. — É mesmo. E os caipiras odeiam judeus também.

— Ah, meu Deus! — Fiquei encarando os dois. — Dá para vocês dois pararem? Os caipiras não poderiam ter feito nada disso.

— Por que não? — perguntou Claire. — Quando tivemos que ler o livro *Malcolm X* na aula de civilização mundial, muitos caipiras disseram que não fariam essa tarefa, pois não leriam um livro escrito por uma pessoa negra. Só que eles não usaram a palavra "negra" — acrescentou ela, de forma significativa.

— E ouvi um caipira — disse Michael —, na mercearia outro dia, falando que o Holocausto nunca aconteceu, e que isso tudo foi inventado pelos judeus.

— Vocês dois podem parar com isso? — Eu não conseguia acreditar no que estava ouvindo. — Nem todos os caipiras são assim!

— Ela só diz isso — falou Michael de forma confidente a Claire —, porque está namorando um deles.

Claire olhou para mim com um brilho de interesse nos olhos.

— Você *está*? Ah, meu Deus, Jess! Isso é tão politicamente correto da sua parte. Mas ele fica falando de corridas da NASCAR o tempo todo? Porque isso realmente me deixaria entediada depois de um tempo.

Tentei desferir ao Michael o mesmo tipo de olhar letal e cheio de ódio que a minha tia-avó Rose fazia com perfeição.

— Não venham tentar botar a culpa de tudo isso nos caipiras — falei. — Os caipiras já estão por aqui faz um bom tempo, assim como a sinagoga, e nunca tivemos um problema como esse antes.

Michael parecia pensativo.

— Bem — disse ele. — Isso é realmente verdade.

— Os caipiras são, na maioria, pessoas que trabalham duro — falei —, que não tiveram as mesmas vantagens que nós tivemos na vida. É errado culpá-los por todas as coisas ruins que acontecem nessa cidade porque eles têm menos dinheiro do que nós.

Claire disse:

— Bem, então só resta uma explicação. É a gangue do Nate.

Revirei os olhos. Não conseguia acreditar que estávamos de volta à estaca zero.

Felizmente, naquele momento, sons de passos foram ouvidos nas escadas. Nós nos viramos e vimos Douglas, coberto da cabeça aos pés de roupas protetoras, feitas para se andar ao ar livre, mas parecendo estar congelado até os ossos mesmo assim, cambaleando para o corredor. O rosto dele, a única parte descoberta, estava ruborizado. Havia flocos de neve em seus cílios.

— Onde *você* esteve? — indaguei.

— Em lugar nenhum — respondeu Douglas, com uma falsa inocência, enquanto esticava a mão para tirar o gorro de tricô de esquiar. Seus cabelos, sob o gorro, estavam com um aspecto de suados e grudados para cima em ângulos esquisitos. Ele parecia um motorista idiota de um trator limpador de neve.

— Que foi? — quis saber Michael. — O nosso pai encurralou você em relação à entrada de carros?

— Hum, é — disse Douglas, abaixando a cabeça e entrando em seu quarto. — É, era lá onde eu estava.

Ele fechou a porta, de modo que todos nós ficamos olhando para a placa de NÃO PERTURBE que ele havia pregado lá.

Mike olhou de relance para mim:

— Devemos começar a nos preocupar com ele agora —, ou mais tarde?

O telefone tocou. Não saí correndo para atendê-lo, nem nada, visto que ninguém, sem ser Ruth, me liga. E eu sabia que ela não estava em casa. Minha amiga e sua família tinham ido até a casa do rabino para tentar consolá-lo pela perda da Torá, que acabou sendo uma coisa bem ruim. Seria como alguém invadindo e queimando a sua Bíblia, só que pior, porque é mais difícil substituir Torás.

Então, dá pra você imaginar a minha surpresa quando a minha mãe me chamou pela escadaria acima, dizendo:

— Jess, é para você. Sua amiga Joanne.

O que teria sido OK, é claro. Só que não tenho nenhuma amiga chamada Joanne.

— Alô? — falei, com curiosidade, depois de atender o telefone na extensão do quarto do Mike.

— Mastriani. — Era Rob. É claro que era Rob. Quem mais me ligaria, fingindo ser alguém chamado Joanne?

— Ah — falei, observando com uma boa dose de repulsa ao ver Mikey e Claire começando a se beijar. Bem ali na minha frente. Tudo bem, o quarto era do Mike, e acho que ele podia fazer o que quisesse dentro dele, mas, por favor, eca. — Ei!

— Escuta. Sobre hoje à noite — disse Rob com sua voz grave. Fiquei imaginando como ele tinha conseguido enganar a minha mãe, fazendo-a pensar, que ele era alguém chamado Joanne. Será que tinha falado em falsete? Ou tinha pedido que sua mãe me chamasse? Com certeza, não. Tipo, nesse caso, ele teria que ter admitido à mãe que eu não havia falado sobre ele aos meus pais. E isso era algo que eu tinha plena certeza de que Rob não admitiria a ninguém.

— Você ainda quer fazer alguma coisa? — perguntou Rob.

Senti uma pontada de imediato.

— O que você quer dizer com se eu ainda quero fazer alguma coisa? É claro que eu quero fazer alguma coisa. Estamos namorando, certo? Quero dizer, não estamos?

Mike e Claire, distraídos pelo meu tom de voz, que de repente se tornou um pouco agudo, pararam de se beijar e olharam para mim.

— É o Caipira? — perguntou Claire, balbuciando, toda animada. Virei as costas para eles.

— Bem — disse Rob. — Eu não sei. Quero dizer, ontem, no shopping, você me pareceu um pouco agitada do nada.

— Eu não estava agitada — falei, horrorizada. — Não era esse o caso. Era apenas... ah, vai! Foi esquisito. Tipo... sua mãe, a minha mãe. Sei lá.

— Certo — disse Rob, mas ele não me soava muito convencido disso. — Sei lá.

— Mas é claro que eu ainda quero sair com você hoje à noite — falei. Estava apertando o telefone com muita força, tanto que as juntas dos meus dedos estavam brancas. — Quero dizer, se você quiser. Sair para jantar. Ou ir ao cinema. — Ou à cerimônia de casamento na véspera de Natal do seu tio. Qualquer opção. Ou ambas, para falar a verdade.

— Bem... — disse Rob, estendendo aquele único monossílabo por um tempo incrivelmente longo. Eu me agarrei ao fone, com ansiedade e sem ar. Sei que isso foi ridículo. Ruth teria me matado se soubesse, pois ela tem regras muito rígidas em relação a garotos e uma delas é que você nunca, jamais, deve correr atrás deles. Deixe que os garotos venham até você.

E mesmo Ruth não sendo o que se chamaria de estereótipo de gatinha, esse lance todo das regras parecia funcionar muito bem para ela.

Mas, por outro lado, Ruth não está saindo com um cara que já terminou o ensino médio e tem antecedentes criminais.

Antes que Rob pudesse dizer mais uma palavra, porém, o sinal de segunda chamada soou, como costumava acontecer, bem quando eu menos queria. Eu disse ao Rob:

— Aguenta aí na linha. Tenho uma segunda chamada aqui. — Tentei fazer soar como se essa outra chamada pudesse possivelmente ser de um dos muitos outros garotos que eu conhecia e que estavam simplesmente morrendo para me levar para sair, mas não sei se o que fiz foi muito convincente. Especialmente porque o único outro garoto que eu conhecia, e que queria me levar para sair, era Skip, da casa ao lado, mas, nas noites de sábado, ele está sempre ocupado sendo o Grande-Mago do jogo Dungeons & Dragons na vizinhança, então, provavelmente, não era ele.

Dessa forma, foi sem surpresa que, quando apertei o botão no fone, a voz que ouvi do outro lado da linha não era a de Skip. Mas eu estava bem longe de esperar ouvi-la.

— Jessica — disse o Dr. Cyrus Krantz, parecendo agitado. — Nós temos um problema.

Você acha que vocês têm problemas?, era o que eu queria dizer. *Estou com um cara na outra linha que não tem noção de que sou a melhor coisa que já aconteceu na vida dele!*

Em vez disso, falei:

— Ah? — como se eu não pudesse nem imaginar do que ele estava falando. Embora eu tivesse uma ideia muito boa. Ele estava me ligando por causa do Nate Thompkins e da sinagoga.

Só que acabou não sendo sobre isso. Ele estava me telefonando para falar sobre algo de que eu tinha quase conseguido me esquecer... quase, porque era algo tão horrendo que eu duvidava que algum dia seria plenamente capaz disso.

— Seth Blumenthal — disse ele, com um tom pesado de voz. — Nós o perdemos, Jessica.

Senti algo dentro da minha cabeça explodir. Sei que a próxima coisa que fiz foi gritar ao telefone como uma maníaca.

— O que você está querendo dizer com "vocês o perderam"? — perguntei aos gritos.

Foi só quando vi as expressões nos rostos tanto do Mike quanto da Claire que me dei conta do que tinha acabado de fazer.

Desmascarado a mim mesma. Oficialmente. Para o chefe-líder da rede psíquica do FBI.

Senti todo o sangue esvair-se do meu rosto. Eu me perguntava se seria possível que o meu dia ficasse pior.

— Os oficiais que foram despachados para a cena do crime — dizia o Dr. Krantz, ao meu ouvido — estavam despreparados para a quantidade de resistência que receberam do...

— Resistência? — perguntei, sem pensar, mais uma vez me esquecendo, na minha indignação, de que a ligação sobre Seth Blumenthal, supostamente, era para ter sido anônima. — Do que você está falando... resistência? Tudo que eles tinham que fazer era entrar, pegar a criança e sair. Qual é a dificuldade disso?

— Jessica. — A voz do Dr. Krantz soava estranha. — Atiraram contra eles.

— Bem, é claro que isso aconteceu — praticamente gritei. — Porque as pessoas que pegaram Seth Blumenthal contra a vontade dele são criminosos, Dr. Krantz. São eles que tendem a raptar crianças. Criminosos. E é isso que os criminosos fazem quando a polícia aparece. Eles tentam não ser capturados.

— Você não mencionou — disse o Dr. Krantz — que Seth estava sendo mantido preso contra a vontade quando falou com o operador da emergência, Jessica. Você não mencionou...

— Que ele tinha sido amarrado e amordaçado e o trancaram no armário onde se guarda roupa de cama de um trailer? Realmente acho que me esqueci de mencionar isso, não é? — Eu podia sentir as lágrimas se acumulando sob as minhas pálpebras. Chorando. Eu estava *chorando.* — Talvez porque tive que tornar a ligação curta para o caso de ser rastreada. Algo que eu não teria que fazer se o seu povo deixasse a mim e a minha família em paz!

— Um dos oficiais — falou Cyrus Krantz, ignorando por completo minhas farpas — foi severamente ferido na troca de tiros. — Então, eu me dei conta do porquê de a voz dele ter soado estranha. Ele estava frustrado. Eu nunca tinha ouvido Cyrus Krantz falando com tom de frustração antes. Fiquei surpresa. Eu tenho que admitir que pensava nele como um daqueles coelhinhos Energizer. Sabe, que ele só continua seguindo em frente, e seguindo...

— Os perpetradores conseguiram fugir — prosseguiu o Dr. Krantz. — Com Seth.

— Merda! — gritei. Claire, que estava no colo do Michael, abriu e arregalou os olhos, mas eu não estava nem aí pra isso. — O seu pessoal não consegue fazer nada certo?

— Fica um pouco difícil, Jessica — disse o Dr. Krantz — quando você faz seus joguinhos infantis conosco, declarando que não tem mais seus poderes psíquicos.

— Nem vem botar a culpa em mim — berrei ao telefone — pela sua incompetência!

— Jessica — disse o Dr. Krantz. — Acalme-se.

— Eu não consigo me acalmar — gritei. — Não quando aquele garoto ainda está por aí. Não quando...

Minha voz ficou presa. Porque, é claro, estava tudo voltando. O medo e o terror que senti no meu sonho... no meu sonho sobre Seth.

Só que não tinha sido um sonho. Bem, para mim, foi um sonho, mas era a realidade do Seth. Realidade esta que tinha saído do controle quando ele foi arrancado de sua bicicleta no estacionamento da sinagoga no dia anterior. Quem ia saber pelo que ele tinha passado desde aquele instante? Tudo que eu conseguia ver — tudo que conseguia sentir — era o que Seth estava vendo e vivenciando naquele exato momento em que a minha mente, aberta por causa do sono, se estendia até ele.

E isso era o frio confinamento do armário em que ele fora trancado. A dor latejante das cordas cortando os seus pulsos, que estavam cruelmente atados atrás das costas. A mordaça áspera machucando os cantos de sua boca. Os sons abafados, mas, ainda assim, aterrorizantes, que ele podia ouvir e que vinham do lado de fora da porta do armário.

Aquela era a realidade do Seth Blumenthal. E o meu pesadelo.

O fato de que o meu pesadelo estava em andamento era quase mais do que eu podia suportar.

— Jessica — dizia Cyrus. — Eu sei como você se sente em relação a mim e à organização, mas juro que se você nos der uma outra chance... mais uma chance de trabalharmos juntos... não se arrependerá disso. Precisamos encontrar esse garoto, Jessica, logo. Ele está correndo perigo. Perigo de verdade. As pessoas que estão com ele são animais. Qualquer um que submetesse uma criança de 12 anos de idade a tortura...

— O quê? — Eu vinha andando de um lado para o outro no corredor, com o telefone sem fio firme na minha mão. Nesse momento, fiquei paralisada. — O que você quer dizer com tortura?

— Jessica — disse o Dr. Krantz. — Você já não percebeu agora que tudo isso, Nate, aquela sinagoga, Seth, está relacionado?

— Relacionado? — Algo estava zunindo na minha cabeça. — Ao Seth? Relacionado como?

— Como você acha que as pessoas que atearam fogo naquela sinagoga sabiam onde encontrar as escrituras? — perguntou o Dr. Krantz. — Pense nisso, Jessica. Quem saberia onde eram guardadas as escrituras sagradas? Alguém que as estivera lendo para o seu aniversário, hoje.

Seth. Seth Blumenthal.

Eu não conseguia acreditar nisso.

Ele não esperou que eu digerisse as informações. O Dr. Krantz acrescentou, com rapidez:

— É por isso que estou ligando. Nós precisamos desesperadamente da sua ajuda, Jessica. Escute-me...

— Não, você é que me escute! — falei. — Tentei fazer as coisas do seu jeito e tudo que saiu disso foi um policial baleado. Agora, nós vamos fazer as coisas do *meu* jeito.

O Dr. Krantz soava mais frustrado do que nunca. Para falar a verdade, agora ele soava meio emputecido.

— Ah, é? E como, em termos precisos, vamos fazer isso?

Porém, como eu não tinha a mínima ideia, não poderia responder à pergunta dele. Então, apertei o botão para desligar e pus fim à minha ligação com ele.

— Eita! — disse Mike, olhando para mim por cima do ombro da Claire, que estava sentada, aparentemente paralisada, no colo dele. — Você está... você está bem?

— Não — falei. Ergui uma das mãos até os meus cabelos e então notei que meus dedos estavam tremendo. Lentamente, comecei a deslizar parede abaixo, até que estava sentada no meio do corredor. — Não, eu não estou nem um pouco bem.

Foi então que ouvi uma voz me chamando do telefone:

— Mastriani? Mastriani!

Como alguém em um sonho, levei o fone ao meu ouvido.

— Alô?

— Mastriani, sou eu. — A voz do Rob soava irritada. — Lembra? Você me colocou na espera.

— Rob. — Eu havia me esquecido por completo dele.

— Rob. É. Desculpa. Escuta, não posso sair essa noite. Aconteceu uma coisa.

— Aconteceu uma coisa — repetiu ele, devagar.

— Sim — falei. Eu me sentia como se estivesse embaixo d'água. — Eu realmente sinto muito. É o Seth. Os policiais não conseguiram pegá-lo, e rolou um tiroteio, e agora um dos policiais está em condições críticas e aquelas pessoas ainda estão com Seth, e eu tenho que encontrá-lo antes que eles o matem também.

— Eita — disse Rob. — Fala mais devagar. Quem é Seth?

— O Dr. Krantz acha que há uma ligação — falei. Em alguma parte distante do meu cérebro, eu me dei conta de que, para Rob, minha fala deveria estar ininteligível. Talvez eu *estivesse* mesmo. Simplesmente não conseguia acreditar nisso. Um policial. Um policial tinha sido baleado. E Seth ainda estava por aí. Seth ainda estava correndo perigo. — Uma ligação entre Nate, Seth e a sinagoga.

— Espera um minuto — disse Rob. — O Dr. Krantz? Quando foi que você falou com Krantz? Era ele agora ao telefone?

— Me desculpe, Rob — falei. Eu podia ver Mickey e Claire olhando para mim cada vez mais preocupados. Eu sabia que teria que me recompor logo ou Mike iria chamar a minha mãe. — Olha, eu tenho que ir...

Mas Rob, como de costume, já estava tomando conta da situação.

— Qual é a ligação? — quis saber Rob. — O que Krantz disse?

Tudo o que eu queria fazer era desligar o telefone, subir as escadas, ir até o meu quarto e me deitar. Sim, era isso. Isso era o que eu precisava fazer. Voltar a dormir, e acordar de novo amanhã, de forma que tudo isso parecesse apenas um sonho ruim.

— Mastriani! — berrou Rob ao meu ouvido. — Qual é a ligação?

— É o símbolo, OK? — Eu não podia acreditar que ele estivesse berrando comigo! Tipo, não fui eu que atirei no policial nem nada do gênero. — Aquele no peito do Nate. É o mesmo que estava pichado nas lápides na sinagoga.

— Como é ele? — perguntou Rob. — Esse símbolo?

Olha, Rob é a minha alma gêmea e tal, mas isso não quer dizer que não haja ocasiões em que eu sinta vontade de arrastá-lo e socá-lo. Agora era uma dessas ocasiões.

— Droga, Rob — falei. — Você estava lá, naquele campo de milho comigo, lembra? — Essa declaração minha fez com que meu irmão e sua namorada trocassem um olhar incisivo, mas eu os ignorei. — Você não notou o que tinha no peito do Nate?

A voz de Rob ficou estranhamente baixa.

— Não, na verdade, não notei — disse ele. — Eu não... não olhei realmente. Aquele tipo de coisa... bem, realmente não lido muito bem, com, sabe, ver...

Sangue. Ele não disse a palavra, mas ele nem precisava dizer. Toda a minha irritação com ele se dissipou. Simplesmente assim.

Bem, o amor faz essas coisas com a gente.

— Era tipo uma espiral, contorcida — expliquei. — Com uma seta saindo de uma das pontas.

— Uma seta — repetiu Rob.

— É — falei. — Uma seta.

— Um M? A espiral contorcida. Tinha a forma de um M, só que de lado?

— Eu não sei — falei. — Acho que sim. Olha, Rob, eu não estou me sentindo muito bem. Eu tenho que...

Então Rob disse uma coisa estranha, algo que chamou a minha atenção de imediato, mesmo eu me sentindo tão péssima, como se fosse praticamente desmaiar.

Ele disse:

— Não é uma seta.

Eu estava prestes a apertar o botão para desligar o telefone. Porém, quando ele disse isso, eu parei.

— O que você quer dizer com "não é uma seta"?

— Jess — disse ele. O fato de Rob ter usado o meu primeiro nome me fez perceber que a situação estava longe de ser normal. — Eu acho que talvez eu saiba quem são essas pessoas. As pessoas que estão fazendo essas coisas.

Eu nem mesmo hesitei. Foi como se, de repente, o sangue que parecia congelado nas minhas veias estivesse fluindo novamente.

— A gente se encontra na *Stop and Shop* — falei. — Venha me buscar.

— Mastriani...

— Simplesmente esteja lá — falei, e desliguei. Depois disso, joguei o telefone no chão, me levantei e comecei a seguir em direção às escadas.

— Jess, espera — me chamou Michael. — Aonde você está indo?

— Vou sair — foi a minha resposta. — Diga à nossa mãe que logo estarei de volta em casa.

E então, depois de me esforçar para colocar um chapéu e um casaco, eu estava voando rua abaixo. Não pude deixar de notar ao correr que, enquanto a nossa entrada de carros ainda estava cheia de neve, a dos Thompkins tinha sido limpa tão bem que dava para se jogar basquete nela. Toda a neve que havia sido retirada dali estava empilhada ao longo do meio-fio, tão arrumado que parecia ter sido empurrada por um limpa-neves.

Mas aquilo não fora obra de nenhum limpa-neves. Ah, não. Foi obra de uma pessoa. Do meu irmão, Douglas.

Amor. Leva as pessoas a fazerem as maiores loucuras.

Capítulo 10

Chick, o dono e proprietário do Chick's Bar e Motorcycle Club, baixou o olhar para o desenho que eu tinha feito e falou:

— Ah, com certeza. Os Verdadeiros Americanos.

Dei uma olhada no desenho contorcido. Estava meio difícil de enxergar na escuridão negra do bar.

— Você tem certeza? — perguntei. — Quero dizer... você realmente sabe o que é isso?

— Ah, sei. — Chick estava comendo um sanduíche de almôndegas que ele mesmo tinha preparado lá nos fundos, na cozinha. Ele havia oferecido um para cada um de nós também, mas recusamos. Nós que sairíamos perdendo, foi o que ele disse.

Agora, um grande pedaço de almôndega escapava das duas fatias de pão que ele segurava apertado numa de suas enormes mãos, e ele a derrubou em cima do desenho que eu tinha feito. Chick limpou a sujeira das juntas dos dedos peludos.

— É — disse ele, apertando os olhos para olhar o desenho abaixo, sob a iluminação néon azul e vermelha da placa da cerveja Pabst Blue Ribbon atrás do bar. — É, é isso mesmo, sim. Todos eles têm isso tatuado bem aqui. — Ele indicou a membrana entre seu polegar e seu indicador. — Só que você fez o desenho meio de lado, ou algo assim.

Ele virou o desenho, de forma que, em vez de parecer-se assim  , tivesse a seguinte aparência:  .

— Aí está — disse Chick. Havia molho em seu cavanhaque, mas ele não parecia saber... ou mesmo se importar. — É, é assim que deve ser a aparência disso. Viu? Como uma cobra?

— Não me espezinhes — disse Rob.

— Não o quê? — perguntei.

Era estranho estar sentada num bar com Rob. Bem, teria sido estranho estar sentada num bar com qualquer pessoa, visto que só tenho 16 anos e minha entrada em bares, na verdade, nem é permitida. No entanto, era estranho estar neste bar específico, e com Rob. Era o mesmo bar a que ele tinha me levado da primeira vez em que me deu carona para casa da detenção, havia quase um ano, na época em que ele não tinha se dado conta de que eu era chave de cadeia. A gente não havia se embriagado nem nada, — apenas hambúrgueres e Cocas —, mas aquela tinha sido uma das melhores noites da minha vida inteira.

Isso se devia ao fato de que eu sempre tinha desejado ir ao Chick's, que era um bar de motoqueiros pelo qual eu passava todos os anos desde que era uma criancinha, sempre que saía com o meu pai até o depósito para nos livrarmos de nossa árvore de Natal. Bem fora dos limites da cidade, Chick's, para uma urbana como eu, tinha uma aura de mistério — embora, para Ruth, assim como para a maioria das outras pessoas que eu conhecia, fosse um bar de caipiras, cheio de motoqueiros e caminhoneiros, como era mesmo.

Contudo, naquela noite, embora fosse sábado, o lugar estava bem desprovido de clientes. Era por causa de toda aquela neve. Não era nenhuma brincadeira tentar guiar uma moto em meio metro de pó fresco. Ainda bem que Rob nem tinha tentado fazer isso e fora me buscar na picape da mãe dele.

No entanto, ele tinha sido um dos únicos a enfrentar as estradas rurais cuja neve, em sua grande maioria, não havia sido removida. Com a exceção de mim e do Rob, Chick's estava vazio, tanto em termos de clientela quanto de funcionários. Nem o barman nem o cozinheiro da chapa tinham chegado lá. Chick não havia ficado muito feliz em ter que fazer o seu próprio sanduíche. Mas em grande parte, na minha opinião, porque ele era tão imenso, que não cabia com tanta facilidade na pequena cozinha lá nos fundos.

— Não me espezinhes — repetiu Rob, para me ajudar. — Lembra? Esse dizer estava impresso numa das primeiras bandeiras americanas, junto com uma cobra enrolada. — Ele ergueu o meu desenho, mas o inclinou, do jeito como Chick tinha feito. — Aquela coisa na ponta não é uma flecha. É a cabeça da cobra. Está vendo?

Tudo que eu ainda via era uma espiral contorcida com uma seta saindo dela. Mas falei:

— Ah, é! — Tentei não soar tão imbecil. — Então, esses Verdadeiros Americanos. O que são eles? Uma gangue de motociclistas? Tipo os Hell's Angels ou algo do tipo?

— Pô, não, de jeito nenhum! — disse Chick de um jeito explosivo, cuspindo pedaços de almôndega e pão para os lados. — Nenhum daqueles caras conseguiria guiar uma moto nem que fosse para sair de dentro de um saco de papel!

— Eles são um grupo de milícia, Mastriani — explicou Rob, demonstrando um pouco mais de paciência do que seu amigo e mentor, Chick. — Cujo líder é um cara que cresceu por aqui... Jim Henderson.

— Ah — falei. Eu estava tentando parecer experiente e sofisticada e tal, pois estava num bar. Mas estava meio difícil. Especialmente quando não entendia metade do que estavam dizendo. Até que, finalmente, eu desisti.

— OK — falei, apoiando os cotovelos no bar altamente pichado e grudento. — O que é um grupo de milícia?

Chick revirou seus surpreendentemente belos olhos azuis, que eram difíceis de serem notados, ficando em grande parte ocultos por um par de sobrancelhas desordenadas e cor de cinza.

— Sabe... — disse ele. — Um daqueles grupos sobrevivencialistas que moram lá na roça. Não pagam seus impostos, mas isso não parece impedir que eles sintam que têm direito a roubar toda a água e eletricidade que podem.

— Por que eles não pagam impostos? — perguntei.

— Porque Jim Henderson não aprova a forma como o governo emprega o dinheiro que ele ganha arduamente — disse Rob. — Ele não quer que o dinheiro de seus impostos vá para a educação e o bem-estar, a menos que aqueles que estejam recebendo tal educação e bem-estar sejam as pessoas certas.

— As pessoas certas? — Olhei do Rob para Chick com um ar de questionamento. — E quem são as pessoas certas?

Chick deu de ombros, com seus ombros largos sob sua jaqueta de couro.

— Sabe, o tipo básico, de olhos azuis, arianos.

— Mas... — Passei os dedos pelas letras suaves do nome de uma mulher, BETTY, entalhado no bar sob os meus braços. — Mas os verdadeiros americanos são os nativos americanos, certo? Quero dizer, eles não são loiros.

— Não adianta — disse Chick, com a boca cheia —, argumentar com Jim Henderson. Para ele, os únicos americanos de verdade são aqueles que desceram a bordo do *Mayflower*... brancos cristãos. E não é você quem vai fazer com que a cabeça dele mude. Não se não quiser uma calibre doze enfiada na sua "guela".

Ergui as sobrancelhas ao ouvir isso. Eu não sabia ao certo o que ele queria dizer com *guela*, mas tinha plena certeza de que não *queria* saber.

— Ah — falei. — Então eles mataram Nate...

— ... porque ele era negro — Rob terminou a frase por mim.

— E tacaram fogo na sinagoga...

— Por não ser cristã — disse Rob.

— Então, os únicos americanos de verdade, segundo Jim Henderson — falei —, são pessoas exatamente como o... próprio Jim Henderson.

Chick terminou sua última mordida do sanduíche de almôndegas.

— Dê um prêmio a essa garota — disse ele, com um largo sorriso, expondo grandes pedaços de carne e de pão presos entre seus dentes.

Dei um tapa no balcão com tanta força com a palma da mão que chegou a arder.

— Eu não acredito numa coisa dessas — berrei, enquanto tanto Rob quanto Chick olhavam para mim, pasmos. — Vocês estão me dizendo que, esse tempo todo, tem esse grupo organizado assustador advogando o ódio pela cidade e ninguém se deu ao trabalho de fazer nada a respeito?

Rob olhou para mim com calma.

— E o que alguém deveria ter feito, Mastriani? — perguntou ele.

— Prendido eles! Já! — berrei.

— Não se pode prender um homem por causa de suas crenças — lembrou Chick. — Um homem tem o direito de acreditar no que quiser, por mais retrógrada de merda que seja tal crença.

— Mas, ainda assim, ele tem que pagar os impostos — ressaltei.

— Isso é bem verdade — disse Chick. — Só que o velho Jim nunca juntou nem dois níqueis, então duvido que o condado algum dia tenha pensado que valeria a pena ir atrás dele por sonegação fiscal.

— E quanto a — falei, com um tom frio de voz —, sequestro e assassinato? O condado poderia achar que valeria a pena ir atrás dele por causa disso.

— Imagino que sim — disse Chick, com um ar pensativo. — Não sei o que o velho Jim deve estar pensando, não mesmo. Sempre achei que Jimmy fosse, sabem, cão que ladra, mas não morde.

— Talvez a chegada — disse Rob — dos Thompkins, a primeira família afro-americana a vir para a cidade, tenha ofendido o Sr. Henderson. Tenha feito surgir nele um sentimento de indignação que ele considera justa.

Chick ficou encarando Rob, claramente impressionado.

— Aah! — disse ele. — Sentimento de indignação justa. Vou me lembrar disso daí.

— Certo — falei, descendo da banqueta do balcão em que eu estava sentada. — Bem, é isso aí então. Vamos lá.

Tanto Chick quanto Rob piscaram para mim.

— Ir? — repetiu Chick. — Aonde?

Eu não conseguia acreditar que ele tivesse mesmo que me perguntar.

— Até onde mora Jim Henderson — falei. — Para resgatarmos Seth Blumenthal.

Chick estava engolindo um gole de sua cerveja quando eu disse isso. Bem, um gole não, porque caras como o Chick não tomam goles, eles viram.

Seja lá como for, quando eu disse isso, ele soltou o que tinha na boca num jato que atingiu a mim, ao Rob e à jukebox.

— Ah, cara — disse Rob, esticando a mão para pegar alguns guardanapos que Chick mantinha numa pilha atrás do bar.

— É, Sr. Chick — falei. — Diga, não cuspa as coisas.

— Ninguém — disse Chick, nos ignorando — vai até a casa do Jim Henderson. Entendido? Ninguém.

Eu não conseguia acreditar no que estava ouvindo.

— Por que não? — exigi saber. — Quero dizer, nós sabemos que foram eles que fizeram isso, certo? Não é como se tivessem tentado esconder o fato ou algo do gênero. Eles praticamente penduraram uma grande placa que diz "Fomos nós." Então vamos lá fazer com que eles nos devolvam Seth.

Chick ficou olhando para mim por um instante. Então ele jogou a cabeça para trás e deu risada. Muita risada.

— Devolver a criança — falou ele, gargalhando. — Onde 'cê arrumou essa daqui, Wilkins? Ela é uma figura!

Rob não estava dando risada. Ele olhava triste para mim.

— Que foi? — perguntei. — O que é assim tão engraçado?

— Nós não podemos ir até a casa do Jim Henderson, Mastriani — disse Rob.

Pisquei para ele.

— Por que não?

— Bem, em primeiro lugar, porque Henderson atira nos medidores de água enviados pelo condado — respondeu Rob. — Você acha que ele não vai tentar nos matar?

— Hum — falei. — Olá! É por isso que vamos entrar sem sermos notados.

— Mocinha — disse Chick, apontando para mim um dedo coberto por uma espessa camada de graxa de moto. Eu não me importei com o fato de ele me chamar de mocinha porque, bem, não havia muito o que eu pudesse fazer em relação a isso, visto que ele era cerca de três vezes o meu tamanho. O Sr. Goodhart sentiria orgulho do progresso que eu estava fazendo. Normalmente, o tamanho do meu oponente era meio que a última coisa que eu levava em consideração antes de atacar alguém. — Você não sabe de nada. Eu não ouvi vocês dizerem que esses caras já atiraram num policial hoje mais cedo por não quererem abrir mão de alguma criança que eles pegaram?

— Sim — falei. — Mas os policiais envolvidos não estavam preparados para o que tinham que enfrentar. Nós estaremos.

— Mastriani — disse Rob, balançando a cabeça. — Eu entendo o que você quer dizer. Mas não estamos falando de tipos como os Flintstones aqui. Esses caras têm uma estrutura bem sofisticada.

— É — disse Chick, depois de soltar um longo e aromático arroto. — Estamos falando de algumas grandes precauções de segurança. Eles têm cerca de arame farpado, cães de guarda, sentinelas armados...

— O *quê?* — Eu estava tão enfurecida que sentia vontade de chutar alguma cosia. — Vocês estão *de brincadeira?!* Esses caras têm tudo isso? E os policiais simplesmente *deixam?*

— Não existe nenhuma lei contra cercas nem cães de guarda — disse Chick, dando de ombros. — E um homem tem a permissão de portar um rifle em sua própria propriedade...

— Mas ele não tem permissão para atirar em policiais — ressaltei. — E, se o que você está dizendo sobre esses Verdadeiros Americanos for verdade, então alguém naquele grupo acabou de fazer isso, hoje mais cedo, naquele parque de trailers perto do Mr. Shaky's. Eles se safaram e levaram um garoto de 12 anos como refém. Estou disposta a apostar que estão enfurnados lá agora com esse cara, esse tal de Jim Henderson. E, se não fizermos alguma cosia, e logo, aquele garoto vai acabar indo parar num milharal, da mesma forma como aconteceu com Nate Thompkins.

Rob e Chick trocaram olhares, nos quais, apesar da escuridão do bar, eu consegui captar um vislumbre de algo de que não gostei. Algo de que não gostei nem um pouco.

E era falta de esperança.

— Olha — falei, levando as mãos aos quadris. — Não me importa o quão segura seja a fortaleza deles. Seth Blumenthal está lá dentro e cabe a nós tirá-lo de lá.

Chick balançou a cabeça. Pela primeira vez, ele parecia sério... sério e triste.

— Mocinha — disse ele. — Jimmy é doido de pedra, mas não é tolo. Não haverá nenhum rastro, nenhuma ponta de evidência que o conecte a qualquer uma dessas coisas, exceto pelo fato de ele ser o líder do grupo que reivindicou a responsabilidade por isso. Invadir o local dele, o que beiraria o impossível, visto que mal se consegue chegar perto de onde Jim mora pela estrada porque é tão entranhado lá na roça que não tem nem como os limpa-neves chegarem lá, para então resgatar alguma criança é uma ideia simplesmente imbecil. Dez chances a uma — disse Chick — que aquele garoto já está morto faz tempo.

— Não — respondi, baixinho. — Para falar a verdade, ele não está morto.

Chick parecia alarmado.

— Cacete, como você poderia saber disso?

Rob ergueu a testa de suas mãos, onde ele a tinha afundado um pouco antes.

— Porque — respondeu ele, de forma triste. — Ela é a Garota Relâmpago.

Chick me analisou, avaliando-me, sob o brilho néon. Tenho certeza de que o meu rosto, assim como o dele, deveria estar com um tom de púrpura nada lisonjeiro. Eu provavelmente parecia a Violet daquele filme do Willy Wonka. Sabe, depois que ela mascou o chiclete.

Mas Chick deve ter visto algo ali de que gostou, porque não pôs um fim na conversa naquele momento.

— Você acha então que deveríamos invadir o local — disse Chick, devagar — e sairmos com o garoto de lá?

— Invadir — falei — não é o termo que eu usaria. Eu acho que provavelmente deveríamos pensar numa forma mais sutil para entrarmos lá. Mas, sim. Sim, acho que deveríamos fazer isso.

— Espera. — Rob balançou a cabeça. — Espera só um minutinho aí. Mastriani, isso é loucura! Não podemos nos envolver nisso. Isso é um trabalho para os policiais...

— ... que não sabem com quem estão lidando — falei.

— Esquece, Rob. Um policial já foi baleado por minha causa. Não vou permitir que ninguém mais saia ferido, não se eu puder evitar.

— Ninguém mais — explodiu Rob. — E quanto a você mesma? Já parou, em algum momento, para pensar que esses caras poderiam ter uma bala com o seu nome como a próxima vítima?

— Rob. — Eu não conseguia acreditar no quão cego ele estava sendo. — Jim Henderson não vai atirar em mim.

Rob parecia chocado.

— *Por que não?*

— Porque sou uma garota, é claro.

Rob disse um palavrão muito feio em resposta. Então se afastou do bar e foi caminhando até a jukebox... na qual deu um soco. Não com força o suficiente para quebrá-la, mas forte o bastante para fazer com que Chick erguesse o olhar e falasse:

— Ei!

Porém, Rob não pediu desculpas. Em vez disso, ele disse, olhando para Chick, com um ar de apelo em seus olhos cinzentos:

— Você pode me dar uma ajuda aqui? Pode, por favor, explicar à minha namorada que ela deve estar sofrendo de algum desequilíbrio químico se acha que vou deixar que ela sequer chegue perto da casa do Jim Henderson?

O que foi uma coisa horrivelmente sexista de se dizer, e com que eu sabia que deveria ter ficado ressentida, mas não podia, pois ele me chamara da palavra que começava com N. Sabe... *Namorada* dele! Era a primeira vez que eu ouvia Rob me chamar assim! Quero dizer, ao alcance do ouvido de alguma outra pessoa.

Ser o par dele na cerimônia de casamento na véspera de Natal não me parecia mais tão fora do campo da possibilidade agora.

Porém, Chick, em vez de fazer como Rob havia lhe pedido e me dizer para esquecer essa ideia de invadir a área dos Verdadeiros Americanos, acariciava seu cavanhaque, com ares pensativos.

— Quer saber? Não é a pior ideia que já ouvi.

Rob ficou encarando-o, horrorizado.

— Ei — disse Chick, na defensiva. — Não estou dizendo que ela deveria ir sozinha. Mas um garoto está morto, Wilkins. E se bem conheço Henderson, esse outro não tem muito tempo de vida.

Lancei ao Rob um olhar triunfante, como se dissesse: *Viu, não sou louca no fim das contas.*

— E pode-se dizer — prosseguiu Chick — que esse é um problema local, Wilkins. Quero dizer, que Henderson é um problema nosso. E não é apropriado que sejamos nós a conferir que a justiça seja feita? Eu posso fazer alguns telefonemas e teremos camaradas em número suficiente aqui em cinco minutos para fazer vergonha à Guarda Nacional.

Ergui as sobrancelhas, impressionada com a frase *conferirmos que a justiça seja feita.*

Porém, Rob não estava entrando nessa.

— Mesmo que concordássemos que essa é uma boa ideia — disse ele —, o que não estou fazendo, você mesmo falou que o lugar do cara é inacessível. Temos mais de meio metro de neve cobrindo o chão. Como vamos sequer chegar perto do lugar?

Foi então que Chick fez algo surpreendente. Ele apontou um dedo torto para nós e então começou a andar — embora, devido a sua circunferência e altura, um andar desajeitado seria realmente a forma mais adequada de descrever o que ele fazia — em direção à porta dos fundos.

Fui atrás dele, com Rob, relutante, atrás de mim. Chick desceu um curto corredor que dava para uma espécie de garagem caindo aos pedaços. O vento assoviava através das ripas de madeira dispostas ali aleatoriamente formando as paredes.

Ao acender a única lâmpada elétrica que servia de iluminação, Chick foi caminhando em frente até chegar a algo coberto por um encerado.

— *Voilà!* — disse ele, no que presumi que fosse um sotaque europeu ruim de propósito.

Então ele jogou o encerado para trás, deixando à mostra duas motos de neve novinhas em folha.

Capítulo 11

Ei, eu admito! Queria andar naquela moto de neve. Ah, queria, e muito!

Dá para me culpar por isso? Nunca andei numa antes!

E, para alguém que curte coisas velozes, bem, o que é mais eletrizante do que andar em alta velocidade sobre a neve? Ah, é claro, eu já tinha esquiado antes, lá nas colinazinhas de Paoli Peaks. Tinha sido divertido e tudo. Por uma hora. Tipo, vamos encarar a real, Indiana não é um estado notório por seu terreno montanhoso, então os Peaks cansam no quesito velocidade para qualquer pessoa em busca de aventura que se preze.

Mas nada poderia ser comparado à sensação de zarpar por toda aquela brancura de neve altamente espessa com os braços bem apertados em volta da cintura do meu gostoso, embora desaprovador, namorado.

Ah, foi bom! Foi realmente bom!

Mas eu tenho que admitir que... a parte depois de estacionarmos na frente da cerca de arame farpado dos

Verdadeiros Americanos, e simplesmente ficamos lá com o motor desligado, contemplando as luzes da casa do Jim Henderson, que reluziam em meio às árvores?

É, essa parte não foi tão divertida.

E isso foi porque, lá nas entranhas do mato de Indiana, numa noite de novembro, é muito, muito frio. De congelar os ossos. Um frio de amortecer o cérebro. Ou pelo menos um frio de amortecer o corpo da cabeça aos pés.

Seria de se achar que eu e Rob poderíamos ter pensando em algo para fazer, sabe, para passar o tempo — além de nos aquecermos — enquanto esperávamos que Chick chegasse até nós com os reforços que ele havia prometido. Porém, devido ao fato de que Rob ainda estava enfurecido por estarmos ali pra começo de conversa, não tinha muito, sabe?, *daquilo* rolando. Pra falar a verdade, não estava rolando nada.

— Então, pelo que estamos esperando mesmo? — perguntei.

— Reforços — foi a resposta curta do Rob.

— Tá — falei. — Isso eu entendi. Mas a gente não pode, tipo, ir esperar lá dentro?

— E o que vamos fazer — indagou Rob — se encontrarmos Seth?

— Cairmos fora de lá com o menino!

— Usando o que como arma?

Pensei por um minuto.

— Nossa perspicácia como se fosse uma espada?

— Como eu disse.

Bem, eu tentei.

Rob não parecia estar sentindo tanto frio quanto eu. Por quê? Como é que os meninos nunca sentem tanto frio quanto as meninas? Além disso, qual é a do lance de fazer xixi? Tipo, como assim eu estava morrendo de vontade de fazer xixi e ele não? Se ele tinha tomado tantas Cocas lá no bar do Chick quanto eu?

E mesmo se ele tivesse que fazer xixi, isso nem seria lá grande coisa para ele. Tipo, ele poderia simplesmente ir até qualquer árvore velha e fazer.

Mas, para mim, seria toda uma produção e tal. E muito mais partes do meu corpo seriam expostas às forças da natureza. O que, com uma temperatura abaixo de zero, seria algo bem ruim.

Enfim. A vida é simplesmente injusta. Isso é tudo que tenho a dizer.

Não que eu tenha uma vida ruim, acho. Quero dizer, em comparação aos outros, acho que sempre tive uma vida boa. Meus pais ainda estão juntos e parecem bem felizes assim... exceto, sabe, quando um dos filhos deles está lhes causando problemas, tipo, ouvindo vozes que não existem, saindo de Harvard ou sendo atingida por um raio e obtendo poderes psíquicos e então sendo a causa do incêndio criminoso do restaurante da família.

Sabe? Probleminhas cotidianos de pais.

Pelo menos tínhamos bastante dinheiro. Tipo, não tanto a ponto de me darem o meu próprio pônei, nem uma Harley, mas também não precisávamos da ajuda do governo. No geral, a família Mastriani tinha se dado muito bem na vida.

Ao contrário, só para citar um exemplo, da família Wilkins. Tipo, Rob trabalhava na oficina do tio dele por tempo integral desde os 14 anos, ou algo assim, só para ajudar a mãe a fazer o dinheiro durar até o fim do mês. Ele não via o pai desde que era uma criancinha. Nem mesmo sabia onde ele estava.

Mas eu sabia. Eu sabia onde estava o pai do Rob.

Não que eu estivesse muito grata por ter essa informação, mas ali estava ela, entranhada no meu cérebro, assim como a atual localização do Seth Blumenthal e seu estado.

A pergunta era: eu deveria contar isso ao Rob ou não?

Eu gostaria de saber? Quero dizer, se o meu pai tivesse desaparecido quando era criancinha. Se ele tivesse simplesmente abandonado a minha mãe, Mike, Douglas e eu. Será que eu ia querer saber? Ou até mesmo me importar?

É. Bem provável que sim. Nem que fosse apenas para socar a cara dele.

Mas será que Rob ia querer saber?

Para falar a verdade, só havia uma forma de descobrir. Mas eu realmente não queria fazer isso. Tipo, só chegar a perguntar se ele queria saber. Porque eu não queria que Rob pensasse que eu tinha andado bisbilhotando a vida dele. Na verdade, eu não tinha. Foi a mãe dele que precisou daquele avental que estava no quarto dela. Era minha culpa se, enquanto eu estava lá, acabei vendo uma foto do pai do Rob? E que depois, como sempre tende a acontecer quando vejo fotos de pessoas desaparecidas, tive um sonho com o pai dele e sabia exatamente onde ele estava agora? A culpa era minha se, graças àquela droga de raio, não posso ver uma foto — ou, às vezes, até mesmo cheirar o suéter ou o travesseiro — de uma pessoa desaparecida sem obter uma imagem mental de sua exata localização?

— Escuta — falei, pressionando o meu corpo com um pouquinho mais de força nas costas dele. Estava um frio do cacete na parte de trás daquela moto de neve. — Rob, eu...

— Mastriani — disse Rob, soando cansado. — Agora não, OK?

— O quê? — perguntei, na defensiva. — Eu só ia...

— Não vou dizer a você — falou Rob.

— Não vai me dizer o quê?

— O motivo pelo qual estou em condicional. OK? Pode esquecer. Porque você nunca vai arrancar isso de mim. Pode até me arrastar até o meio do nada — disse ele — numa missão lunática de frustrar as ações assassinas de um supremacista branco. Você pode até me fazer ficar sentado durante horas em temperaturas abaixo de zero até que pareça que os meus dedos vão cair. Você pode ate mesmo dizer que me ama. Mas eu não vou contar a você por que fui preso.

Digeri tudo o que ele falou. Embora, é claro, não fosse esse o assunto que eu ia trazer à tona, mesmo assim era um tópico muito interessante. Talvez até mais interessante do que a atual localização do pai dele. Bem, pelo menos pra mim.

— Não falei que amo você — comentei, depois de pensar um pouco —, porque queria que você me revelasse o motivo da sua condicional. Embora seja algo que eu realmente queira saber. Falei que amo você porque...

Rob deu uma girada para trás na moto de neve e cobriu a minha boca com sua mão enluvada.

— Não — disse ele. Seus olhos claros estavam facilmente visíveis sob o luar. Porque, é, tinha o luar. Uma lua bem cheia, bem baixa, no céu frio e sem nuvens. Em qualquer outra ocasião, isso poderia ter sido romântico. Sabe, se não estivesse pra lá de frio e eu não estivesse com vontade de fazer xixi, e se o meu namorado meio que gostasse de mim de verdade.

— Não começa com isso de novo — disse ele, mantendo a minha boca coberta com sua mão. — Você se lembra do que aconteceu da última vez.

— Eu gostei do que aconteceu da última vez — falei, por trás dos dedos dele.

— É — disse Rob. — Bem, eu também. Demais, tá? Então guarda os seus "eu te amo" para si mesma, certo, Mastriani?

Certo. Como se isso fosse mesmo acontecer, depois que uma garota ouve uma coisa dessas.

— Rob — falei, apertando os braços em volta da cintura dele. — Eu...

Porém, não consegui terminar a minha frase, porque havia uma silhueta se movendo em direção a nós em meio às árvores. Nós ouvimos o som da neve sendo esmagada sob seus pés.

Rob soltou um palavrão e ligou a lanterna que Chick tinha emprestado para a gente.

— Quem está aí? — perguntou ele, sibilando, e, ao iluminar a silhueta, nos deparamos com ninguém mais ninguém menos do que Cyrus Krantz.

Agora era a minha vez de soltar um palavrão!

— Shhh — disse o Dr. Krantz. — Por favor, Jessica!

— Bem, que seja — falei, com repulsa. — O que você está fazendo aqui?

Eu não conseguia acreditar que ele estava mesmo usando aquelas roupas. Quero dizer, o Dr. Krantz. Ele parecia saído do filme *Estação Polar Zebra*. Ele estava vestindo todas aquelas roupas de andar no ártico, completando com uma calça de esquiar camuflada e fofa. Eu mal o tinha reconhecido com todo aquele pelo em seu capuz.

— Eu segui vocês, é claro — respondeu o Dr. Krantz. — É aqui que eles estão mantendo Seth prisioneiro, Jessica?

— Quer dar o fora daqui? — Eu não saberia dizer o que estava me deixando mais enfurecida: o fato de ele estar colocando o nosso plano de resgatar Seth em risco ou de ele ter nos interrompido bem quando as coisas entre mim e Rob tinham começado a ficar interessantes. — Você vai arruinar tudo! A propósito, como chegou até aqui?

Se a resposta dele incluísse "moto de neve", eu reconsideraria seriamente a minha recusa em trabalhar para ele. Qualquer instituição que estivesse disposta a deixar que seus funcionários fizessem uso de motos de neve seria uma na qual eu conseguia me ver trabalhando.

— Isso não vem ao caso — disse o Dr. Krantz. — É sério, Jessica, isso tudo é ridículo. Vocês dois não deveriam estar aqui. Vão sair feridos dessa.

— *Eu* vou sair ferida? — dei uma risada com amargor, embora baixinho. — Lamento, doutor, mas acho que você entendeu as coisas todas às avessas. Até agora, a única pessoa que saiu ferida foi um dos seus.

— E Nate Thompkins — lembrou o Dr. Krantz, falando baixo — Não se esqueça dele.

Como se eu pudesse esquecer. Como se ele não fosse meio que o motivo pelo qual eu estava ali, congelando até o meu *rabo*. Eu não tinha me esquecido da promessa que fiz a mim mesma de tentar ajudar Tasha se pudesse. E não podia deixar de pensar que a melhor maneira de ajudá-la seria levando os assassinos do irmão dela à justiça.

E, é claro, impedindo-os de ferir mais alguém. Como Seth Blumenthal, por exemplo.

— Ninguém aqui está se esquecendo do Nate — falei num tom de sussurro. — Nós vamos apenas cuidar disso do nosso próprio jeito, certo? Agora cai fora daqui antes que você ferre tudo.

— Jessica — disse o Dr. Krantz. — Rob. Eu realmente devo apresentar a minha objeção a isso. Se Seth Blumenthal estiver mesmo sendo mantido cativo nessa propriedade, vocês têm a obrigação de relatar tal fato, e então se afastarem e permitirem que os devidos agentes da lei façam seu...

- Ah, vá se ferrar! — falei.

Eu não tinha como ter certeza, por causa do luar refletido na neve que dificultava ver alguma coisa além das lentes grossas dos óculos dele, mas acho que o Dr. Krantz piscou algumas vezes.

— O q-que foi que vo-você disse? — perguntou ele, gaguejando.

— Você me ouviu muito bem — respondi. — Você e os devidos agentes da lei não fazem a mínima ideia de com o que estão lidando aqui, OK?

— Ah. — Agora o Dr. Krantz soava sarcástico, o que era meio engraçado, considerando que ele era um nerd e tanto. — E imagino que você saiba.

— Melhor do que você — falei. — Pelo menos nós temos uma chance de nos infiltrarmos entre eles por dentro, em vez de entrar lá detonando tudo e possivelmente fazendo com que Seth seja morto no fogo cruzado.

— Infiltração? — O Dr. Krantz soava pasmo. — Do que você está falando? Você não pode realmente achar que tem mais chance de...

— Ah, é? — Apertei os olhos para falar com ele. — Que número vem depois do cinco?

Ele olhou para mim como se eu fosse louca.

— O quê? O que que isso tem a ver com...?

— Só responda a minha pergunta, Dr. Krantz — falei. — Que número vem depois do cinco?

— Oras, seis, é lógico!

— Errado — falei. — E qual é o plural de você?

— Vocês, é claro. Jessica, eu...

— Errado de novo — falei. — A resposta às duas perguntas, Dr. Krantz, é "cês". Eu acabei de administrar um teste do caipira em você, que foi um fracasso terrível. Você nunca se passaria por alguém daqui. Agora cai fora antes que arruíne o plano para o restante de nós.

— Isso — disse o Dr. Krantz, parecendo escandalizado — é ridículo! Rob, certamente você...

Mas Rob se endireitou na garupa da moto de neve, com a cabeça voltada para a direção das luzes da casa do Jim Henderson.

— Hostil — disse ele — às doze horas. Krantz, se você não sair da merda do caminho, vai ficar com a barriga cheia de balas!

— O-o quê? — O Dr. Krantz olhou, nervoso, a seu redor. — O que vocês...?

Rob tinha descido da moto de neve e estava enfiando Cyrus Krantz atrás de uma árvore antes que o bom doutor soubesse o que estava acontecendo. Ao mesmo tempo, eu vi o que Rob tinha visto: um feixe de luz vindo na nossa direção por entre as árvores espessas do lado da cerca de arame farpado do Jim Henderson. Conforme a luz se aproximava da gente, pude ver que ela vinha de uma daquelas antigas lanternas a querosene, que estava sendo segurada por um homem grande com roupas de caça, xadrez e vermelhas, com um rifle na outra mão e ao lado de um cachorro grande o bastante para se passar por um pequeno pônei.

Quando o cachorro notou a nossa presença ali, ele começou a correr voando pela neve na nossa direção. Por um ou dois segundos, enquanto ele vinha com tudo pra cima da gente, soltando baba pela língua e com os olhos ardendo em chamas, parecia um daqueles cães do inferno... Sabe, que nem naquele livro *O cão dos Baskerville*, que a gente costuma ler no nono ano?

Porém, conforme ele foi chegando mais perto da gen te, eu me dei conta de que era apenas um pastor alemão normal. Daquele tipo que gruda na sua garganta, e não solta, nem mesmo se você bater na cabeça dele várias vezes com uma chave de encaixe.

Felizmente, no exato momento em que este pastor alemão específico estava se preparando para dar o pulo sobre a cerca de arame farpado que nos separava e fazer o que acabei de descrever, o cara que estava com o rifle falou:

— Chigger, parado! — E o cachorro caiu na neve a pouco mais de meio metro de distância do Rob e de mim, rosnando de forma ameaçadora, sem, em momento algum, tirar os olhos de nós.

O homem que estava com o rifle colocou a lanterna no chão, enfiou a mão dentro do bolso e tirou algo de lá. *Arma de mão,* pensei, com o coração martelando tão alto dentro do meu peito, que achei que pudesse causar uma avalanche. Se houvesse algum penhasco ali ao redor, claro. *O rifle faria muita sujeira. Ele vai meter uma bala na cabeça de cada um de nós e deixar nossas carcaças congeladas para Chigger comer.*

Às vezes realmente parecia que o mundo inteiro estava conspirando para que eu nunca visse Rob vestindo um smoking.

— Ei — disse Rob, mantendo as mãos erguidas no ar e o olhar fixo no Chigger. — Ei, não atire. Não queremos fazer mal a ninguém. Nós só queremos falar com Jim.

Mas acabou que a coisa que o dono do Chigger tinha tirado do bolso não era uma arma. Era um Walkie-Talkie.

— Líder Azul, aqui é o Líder Vermelho — disse o Cara com o Casaco Xadrez Vermelho ao Walkie-Talkie. —

Temos intrusos perto da cerca ao sul. Repetindo. Intrusos perto da cerca ao sul.

— Nós não somos intrusos — falei. Então, lembrei-me de qual seria, supostamente, a nossa história... exceto que, é claro, não era para termos sido pegos até *depois* que Chick e os amigos dele estivessem escondidos em segurança nos arbustos e nas árvores que cercavam o complexo, prontos para invadirem com tudo e nos tirarem de lá assim que tivéssemos conseguido localizar Seth... rapidamente corrigi o que falei. — Tipo, *a gente não é* intruso. A gente quer se juntar a vocês. A gente quer ser Verdadeiros Americanos também.

O som da estática irrompeu pelo Walkie-Talkie do Cara com o Casaco Xadrez Vermelho. Aparentemente, alguém estava respondendo ao aviso dele da presença de intrusos. Mas esse cara devia estar falando em código, porque eu não conseguia entender o que ele estava dizendo.

— Entendido, Líder Vermelho — disse a voz. — Acompanhe-os até aqui. Repetindo. Acompanhe-os até aqui.

O Cara com o Casaco Xadrez Vermelho colocou seu Walkie-Talkie de lado, e então fez um sinal para que Rob e eu pulássemos por cima da cerca de arame farpado. O jeito como ele fez o sinal foi apontando o rifle para nós e dizendo:

— Subam aí.

Pular uma cerca de arame farpado nunca é uma experiência agradável, mas é uma experiência ainda menos agradável quando se está fazendo isso e sendo vigiado pelo olhar fixo de um pastor alemão gigantesco chamado

Chigger. Rob foi primeiro, e não pareceu ter perdido nada vital enquanto subia a cerca. Ele, com muita educação, segurou para baixo um bom punhado da cerca de arame farpado para mim, o máximo que ele conseguia, de forma que eu também conseguisse chegar sem me machucar até o outro lado. Não consegui fazer isso com a mesma velocidade que ele, pois sou uns trinta centímetros mais baixa, mas só o que realmente sofreu danos foi a costura interna da minha calça jeans.

Assim que estávamos em segurança do lado da cerca dos Verdadeiros Americanos, o Cara com o Casaco Xadrez Vermelho disse:

— Vão entrando aí. — E fez um sinal, novamente com a boca do rifle, de que deveríamos começar a caminhar em direção à casa.

Rob olhou para trás, para a moto de neve.

— E a nossa moto? — perguntou ele. — É seguro deixar lá?

O Cara com o Casaco Xadrez Vermelho soltou uma risada desagradável. Mas isso também não foi tudo que ele deixou sair. Ele também cuspiu um jorro de suco de tabaco que estava entre sua bochecha e sua gengiva, que foi parar na neve, numa poça fumegante marrom.

— Seguro de quê? A salvo dos guaxinins? Ou dos gambás?

Essa foi uma resposta reconfortante, pois indicava que o Cara com o Casaco Xadrez Vermelho não estava ciente da presença do Dr. Krantz, que estava escondido entre os pinheiros grossos, assim como ele não sabia dos muitos clientes do bar do Chick que tinham atendido ao chamado às armas do proprietário de seu local de boemia predileto... ou que pelo menos eu tinha esperança de que respondessem àquele chamado. E de que aparecessem logo.

— Andem — disse o Cara com o Casaco Xadrez Vermelho para mim e para Rob.

E então fomos andando.

Capítulo 12

Seria errado dizer que eu curti a nossa longa caminhada até a casa do Jim Henderson. Eu saboreava cada momento que passava na presença do Rob Wilkins, visto que agora que ele tinha se formado, e eu permanecia para trás — presa no inferno do ensino médio —, os nossos encontros haviam se tornado infrequentes demais.

Não importa o quão legal possa ser a companhia de alguém, no entanto, nunca é agradável ter um rifle apontado para as suas costas. Embora eu não achasse que o Cara com o Casaco Xadrez Vermelho fosse atirar em nós a sangue-frio, sempre haveria uma possibilidade de que ele fosse tropeçar no Chigger ou em algum toco de árvore oculto sob a neve, e puxar, por acidente, o gatilho.

E, embora isso fosse acabar solucionando o meu problema de como eu faria Rob me convidar a um evento formal, como o casamento do tio dele (de modo que eu pudesse impressioná-lo, mostrando o quão bem eu fico de vestido), a solução não seria a certa. Então, foi um pouco trepidante que fiz a longa jornada da cerca ao sul até o coração do complexo dos Verdadeiros Americanos.

Porém, assim que começamos a andar, eu realmente comecei a sentir menos frio. Agora que a nevasca tinha parado, o céu completamente claro e, longe assim das luzes da cidade, de um jeito mágico, estava polvilhado de estrelas. Eu conseguia até mesmo discernir a Via Láctea. Poderia até quase ter sido romântico, uma caminhada ao luar pela neve recém caída, com o cheiro de fumaça de madeira pairando de um jeito tentador no ar.

Exceto, é claro, pelo rifle. Ah, e pelo perigoso pastor alemão avançando a passos pesados ao nosso lado.

Eu não tenho medo de cachorro e, no geral, eles parecem gostar de mim. Então, durante a nossa caminhada, como não nos atrevíamos a conversar para passar o tempo, eu me concentrei em tentar fazer com que o Chigger desistisse da ideia de rasgar a minha garganta — e fazia isso ao lançar a mão para a frente, perto do focinho do Chigger, sempre que o Cara com o Casaco Xadrez Vermelho não estava olhando e que o cachorro se aproximava o bastante de mim. Cachorros funcionam com base em cheiros, e imaginei que, se Chigger sentisse o meu cheiro e se desse conta de que eu não era realmente do tipo bom de virar almoço, ele poderia ficar hesitante quanto a me comer.

No entanto, Chigger, como a maioria dos machos com que me deparei na minha vida, parecia notavelmente desinteressado em mim. Talvez eu devesse ter seguido o conselho da Ruth e investido num perfume em vez de simplesmente borrifar, de vez em quando, um pouco do perfume do Mike, Old English Leather.

Conforme chegávamos mais perto dos prédios aonde estávamos nos dirigindo, eu tenho que admitir que não fiquei muito impressionada. Quero dizer, em comparação com o lugar onde morava Jim Henderson, o complexo do David Koresh em Waco era a droga do Taj Mahal. A operação toda do Henderson parecia não passar de nada além de uma casa no estilo rancho, alguns trailers e um celeiro de formato irregular. Certo, a coisa toda tinha aquela cara de falta de permanência dos alojamentos do exército, preparados para se mobilizarem a qualquer instante.

Mas, ei, onde ficava o banheiro? Isso era tudo que eu queria saber.

Para o meu espanto, o Cara com o Casaco Xadrez Vermelho, seguido pelo sempre fiel Chigger, não nos levou em direção ao rancho nem aos trailers, e sim direto para o celeiro. As minhas chances de encontrar um banheiro que funcionasse estavam começando a parecer mais difíceis do que nunca.

Você pode imaginar o meu deleite então quando o Cara com o Casaco Xadrez Vermelho abriu a maciça porta do celeiro e nos deparamos com o que parecia ser a central de comando, ou o bunker, se preferir chamar assim, dos Verdadeiros Americanos. Ah, não era nenhum centro tecnológico militar como o NORAD, não me entendam errado! Não havia computadores ali. Não havia sequer uma TV à vista.

Pelo contrário, o assentamento do grupo supremacista branco do Jim Henderson parecia com fotos que tínhamos visto dos centros de comando dos nazistas, nas aulas de Civilização Mundial, lá pela década de 1940. Havia muitas mesas longas, às quais estavam sentados muitos cavalheiros de cabelos claros. (Ao que parecia, tínhamos interrompido a ceia deles.) E havia uma bandeira gigantesca pendurada na parede dos fundos. Porém, em vez de uma suástica, a bandeira ostentava o símbolo que tinha sido entalhado no peito do Nate Thompkins, e pichado no viaduto e em todas as lápides reviradas no cemitério judaico. Era a cobra enrolada, como Chick havia descrito, com os dizeres NÃO ME ESPEZINHES sob ela.

No entanto, posso ressaltar que era ali que acabava a semelhança com a máquina de guerra nazista? Porque os cavalheiros, por mais loiros que fossem, reunidos ali na sala grande e fria, não estavam vestidos com os mesmos cuidados que os cavalheiros nazistas, nem pareciam tão inteligentes quanto a média do estilo nazista de 1940, além de também parecerem preferir a arte corporal à higiene de verdade, uma opção talvez imposta a eles devido a falta de água corrente disponível, se fosse verdade o que Chick falou sobre a recusa do Jim Henderson em pagar a conta de água.

Todavia, não eram apenas homens que estavam reunidos ali no celeiro do Henderson. Ah, não. Havia mulheres também e até mesmo crianças. Quero dizer, quem mais ia servir aos homens as comidas deles? E aquelas mulheres e crianças também pareciam dispor de boa saúde. Reconheci, de imediato, as vestimentas das mulheres como sendo típicas de uma seita religiosa local que, além de favorecer o manejo com cobras e a volta para a água para ser renascido, também proibia que as mulheres praticantes de tal culto religioso cortassem seus cabelos ou usassem calças, o que tornava difícil para as garotas de este grupo religioso que participassem de aulas de educação física no sistema da escola pública, considerando que é quase impossível subir em uma corda ou aprender nado de peito usando um vestido. Sendo assim, muitas delas optavam por educação em casa.

As crianças eram um conjunto de rostos pastosos e narizes que escorriam, e que pareciam tão desinteressadas num homem com um rifle arrastando dois completos estranhos para o meio delas quanto eu ficaria com aulas de culinária da minha tia-avó Rose.

— Jimmy — disse o Cara com o Casaco Xadrez Vermelho a um homem de cabelos loiros, meio ruivo, que estava sentado à cabeceira de uma das longas mesas. Haviam acabado de lhe servir uma pratada do que me parecia (considerando que eu não tinha comido nada além de um sanduíche de peru, por volta do meio-dia) um delicioso frango frito. — Essas são as crianças que a gente encontrou se esgueirando lá perto da cerca ao sul.

Crianças! Eu me ofendi pelo Rob com a implicação. É claro que eu estava acostumada a ser confundida com uma criança, por causa do meu tamanho relativamente diminuto. Mas Rob era uns trinta centímetros mais alto do que eu...

E, logo notei, uns trinta centímetros mais alto do que o líder dos Verdadeiros Americanos, aquele cidadão agradável e honrável que, se não estivéssemos enganados, havia matado uma criança, raptado outra, tentado matar um agente da lei e incendiado uma sinagoga.

Isso mesmo. Jim Henderson era baixinho.

Baixo, realmente baixinho. Baixo que nem o Napoleão. Que nem o Danny DeVito.

Ele também parecia meio enervado por termos atrapalhado seu jantar.

— Que diabos vocês querem? — perguntou Henderson, demonstrando algumas daquelas qualidades exemplares de liderança pelas quais ele era, aparentemente, tão admirado por seus asseclas.

Olhei para Rob, que parecia ter ficado sem palavras. Ou era isso ou ele estava fazendo uma daquelas coisas silenciosas dos nativos americanos para fazer com que nossos captores perdessem a confiança. Rob lê um monte de livros que se passam em reservas indígenas.

Senti como se coubesse a mim salvar a situação e falei:

— Eita, Sr. Henderson, é uma verdadeira honra conhecê-lo. Eu e o Hank aqui, bem, a gente admira você faz tanto tempo...

Henderson chupou os dedos cobertos de frango frito e ergueu as sobrancelhas loiro-arruivadas.

— É isso mesmo? — indagou ele.

— Sim — falei. — E quando a gente viu o que vocês tinham feito naquela, hum, igreja dos judeus, a gente decidiu subir até aqui e parabenizar vocês. Hank e eu, a gente acha que daria uns bons Verdadeiros Americanos, porque nós dois odiamos pretos e judeus, essas coisas.

Parecia haver muito mais interesse do pessoal em mim e no Rob agora que eu tinha começado a falar. Quase todo mundo no celeiro estava olhando para nós, meio que num silêncio estupefato. Todo mundo, menos Chigger, quero dizer. Chigger tinha achado um prato com ossos de frango e os estava consumindo com grande ruído e rapidez. Notei que ninguém deu um pulo para impedi-lo de fazer isso, o que provava que os Verdadeiros Americanos não somente eram seres humanos desprezíveis, como também péssimos donos de animal de estimação, visto que todo mundo sabe que nunca se deve deixar um cachorro comer ossos de frango.

Henderson estava olhando para nós com mais interesse do que todo mundo. Ao contrário do Chigger, ele parecia ter se esquecido do frango que havia em seu prato.

— Por quê? — perguntou ele.

Eu tinha me preparado para essa pergunta. Respondi:

— Bem, vocês deveriam nos aceitar porque Hank aqui, bem, ele é realmente bom com as mãos. Ele é mecânico, sabe, e consegue consertar praticamente qualquer coisa. Então, se vocês algum dia tiverem um tanque ou seja lá o que for, e quebrar, Hank aqui é o cara. E eu, bem, pode até não parecer, mas eu sou bem ligeirinha. Numa briga, vocês não iam querer que eu ficasse do lado errado, isso eu lhes digo.

Henderson parecia entediado. Ele se inclinou para a frente para soltar um pedaço de frango do osso e jogá-lo dentro da boca. Com isso, ele me lembrou de um bebê de passarinho. Exceto que tinha um bigode arruivado.

— Não foi isso que eu quis dizer — falou ele. — Quero dizer, por que vocês odeiam os pretos e os judeus?

— Ah. — Essa não era uma pergunta para a qual eu tivesse me preparado. Pensei rápido numa reposta. — Porque, como todo mundo sabe — falei —, os judeus, eles inventaram essa coisa toda de Holocausto, só pra poderem colocar as mãos em Israel. E os pretos, bem, eles estão tirando todos os nossos empregos.

Ao que parecia, essa não era a resposta correta, pois Jim desviou o olhar de mim e ficou com o olhar fixo no Rob. Parecia que ele estava avaliando o meu namorado. Eu já tinha visto esse tipo de olhar avaliador antes. É o tipo de olhar que os caras pequenos sempre desferem aos caras grandes logo antes de enfiarem suas minúsculas cabeças no estômago do cara maior.

— E quanto a você? — perguntou Henderson ao Rob. — Ou deixa que a sua mulher fale tudo por você?

Isso fez com que uma onda de diversão surgisse entre os homens que estavam às mesas de jantar. Até mesmo as mulheres, aprumadas bem juntinho aos seus maridos, com jarros do que me parecia ser chá gelado, pareceram achar hilário em vez da merda sexista que realmente era.

Eu sabia que Rob estava sendo testado. Eu não tinha passado no teste. Isso estava muito claro. Estava claro devido ao fato de que o Cara com o Casaco Xadrez Vermelho ainda estava com o rifle apontado para nós, apenas esperando pela ordem de seu chefe para detonar as nossas cabeças. Eu tinha certeza de que Chigger lamberia, com felicidade, qualquer sujeira que nossos cérebros esparramados fizessem no chão do celeiro.

Cabia ao Rob nos salvar. Caberia ao Rob convencer Henderson de que nós éramos uma dupla de camaradas supremacistas brancos.

E eu não botava lá muita fé na ideia de que o desempenho do Rob seria melhor do que o meu. Afinal, ele tinha sido o primeiro a não gostar dessa ideia. Ele havia apresentado fortes objeções a isso desde o princípio. Eu estava certa de que tudo que ele queria fazer era cair fora dali e, se fosse sem Seth, bem, que pena. Contanto que ainda estivéssemos com as nossas cabeças sobre os ombros, acho que Rob ia ficar feliz.

Então você pode imaginar a minha surpresa quando Rob abriu a boca e o que saiu dela foi o seguinte:

— Nascer branco — disse ele — é tanto uma honra quanto um privilégio. Chegou a hora em que todos os homens e todas as mulheres brancos devem se unir para proteger esse elo que partilham por meio de seu sangue e de sua fé. A responsabilidade de todo americano é proteger o bem-estar de *nós mesmos,* e não daqueles que nasceram no México, no Vietnã, no Afeganistão ou em algum outro país de Terceiro Mundo. Está na hora de a América recuar e se afastar daqueles beneficiários do governo que são drogados, morando em grandes áreas urbanas...

Nossa! Se Rob tinha conseguido chamar a minha atenção com essas coisas, você pode apostar que ele conseguiu a atenção do Jim Henderson; isso sem falar do restante dos

Verdadeiros Americanos. Daria para ouvir se uma gota caísse, de tão concentrados que todos estavam ouvindo Rob falar.

— Está na hora — prosseguiu Rob — de protegermos as nossas fronteiras de imigrantes ilegais e de impedirmos as insidiosas revogações de leis e estatutos de miscigenação. Precisamos acabar com as ações afirmativas e com casamentos de pessoas do mesmo sexo. Precisamos impedir que a indústria e a propriedade americanas escorreguem e acabem indo parar nas mãos de japoneses, árabes e judeus. A América deve pertencer aos americanos...

Diante disso, aplausos irromperam de uma das mesas. E logo, pessoas aplaudindo Rob em pé em diversas outras mesas se uniram ao coro. Durante a eufórica comemoração, eu fiquei olhando fixamente o meu namorado em total descrença. De onde, eu me perguntava, ele tinha tirado todas essas coisas? Havia algo sobre ele que eu não sabia? Eu nunca tinha ouvido Rob dizer uma coisa como essa antes. Será que Claire estava certa? Será que todos os caipiras eram iguais?

Os aplausos foram cortados de forma abrupta quando levantou Jim Henderson se levantou. Todos os olhos se voltaram para aquela minúscula figura, realmente não mais alto do que eu, enquanto ele olhava para Rob, acariciando, pensativo, com um dos dedos, seu espesso bigode. Novamente, a sala ficou em silêncio, com a exceção de Chigger, que agora lambia um prato vazio, cheio de entusiasmo.

Com o olhar fixo em Rob, com um par de olhos tão azuis que quase pareciam arderem em chamas, Henderson finalmente apontou com o indicador para ele e falou, em tom de comando:

— Arrumem... um... pouco... de... frango... para... aquele... garoto!

Aplausos animados irromperam quando uma das mulheres apressou-se a seguir em frente e oferecer a Rob um prato enorme de frango frito. Eu não conseguia acreditar naquilo. Frango. Eles estavam dando frango a Rob! Fácil assim, ele tinha sido aceito no seio dos Verdadeiros Americanos.

Ou será que era possível que eles soubessem de algo que eu não sabia? Tipo, que Rob já era um membro do grupo.

Ei, eu sei que foi um pensamento desleal. E não acreditei nisso. Não mesmo. Exceto que... Bem, era meio esquisito que ele soubesse exatamente a coisa certa a dizer para que aqueles malucos acreditassem que estávamos do lado deles. E, sabendo o que eu sabia sobre o pai dele, não era forçar muito a imaginação se eu achasse que poderia haver algumas coisinhas que Rob não tivesse me contado... e com isso não quero dizer simplesmente o motivo pelo qual ele está em condicional.

Rob ficou lá parado, sorrindo timidamente, enquanto era aplaudido. Eu não consegui evitar. Eu *tinha* que saber! Então, perguntei a ele, com o canto da boca:

— De onde você surgiu com toda essa merda?

Rob respondeu, também pelo canto da boca:

— TV a cabo de acesso público. Você pode tirar esse frango daqui antes que eu vomite?

Peguei o prato no exato momento em que Rob foi engolfado por uma multidão de brancos supremacistas felizes, que lhe davam tapinhas nas costas e lhe ofereciam mascas de seus sacos de tabaco. Fiquei lá, parada que nem uma idiota, observando-o, com o prato de frango esfriando nas minhas mãos. Eu não conseguia acreditar no quão imbecil eu tinha sido. É *lógico* que Rob não era um deles.

Mas foi assustadora a forma como fui facilmente levada a achar que ele poderia ser. O preconceito tem entranhas profundas. Caipiras e urbanos, negros e brancos... a gente cresce ouvindo uma coisa e fica difícil de acreditar que qualquer outra coisa pode realmente ser verdade.

Difícil de acreditar, talvez, mas não impossível. Quero dizer, olha para Rob. Ele não era nada como o estereótipo do caipira, comendo com alegria seu frango frito enquanto discutia a supremacia da raça branca. Rob nem mesmo *gostava* de frango frito.

Vai saber quanto tempo eu teria ficado em pé lá, admirando o gênio do meu namorado, se uma voz bem perto de mim não tivesse falado:

— Bem, não fique simplesmente aí parada, garotinha. Dá esse frango para um dos homens e depois volta pra cozinha pra pegar mais.

Eu me virei e me deparei com uma mulher de rosto pastoso, cujos longos cabelos loiros estavam presos com um lenço, lançando um olhar furioso para mim.

— Vá em frente — disse a mulher, me dando um empurrão em direção a uma das mesas dos homens. — Vá.

Eu fui. Coloquei o frango na frente do primeiro homem que vi — um cavalheiro que não parecia ter tantos dentes quanto tatuagens — e então acompanhei a De Lenço na Cabeça até lá fora por uma porta na lateral...

E me deparei com o ar frio da noite de novo.

— Vamos — rosnou a mulher para mim, quando fiquei congelada onde estava, em choque por causa do frio repentino. — Temos que pegar o purê de batatas.

Acompanhei-a, pensando: *Bem, pelo menos assim, eu terei uma oportunidade de procurar Seth.* Eu sabia que ele estava aqui, no complexo, em algum lugar. Sabia que ele não estava mais todo amarrado nem amordaçado, mas sim trancado em um pequeno aposento com painéis de madeira. Embora isso não significasse que ele ainda não estava assustado. Eu podia sentir o medo dele ao meu redor, como se fosse um segundo casaco.

A De Lenço na Cabeça escancarou a porta que dava para a casa de rancho, que, aparentemente, era onde toda a comida era feita. Algo que dava para eu perceber por causa de todos os odores intoxicantes que me atingiram quando cruzei aquela porta. Frango, batatas, pão... era um conjunto estonteante de aromas para uma garota tão faminta quanto eu estava.

Mas quando entramos na cozinha — que estava cheia de outras mulheres de rosto pastoso e cabelos longos — e tentei pegar um pãozinho, a De Lenço na Cabeça bateu na minha mão.

— Não comemos — disse ela, severamente — até os homens terminarem.

Eita, eu queria dizer. *Ótima operação você tem aqui. Se você for um cara.* Qual é a de mulheres como a De Lenço na Cabeça? Quero dizer, por que elas estão tão dispostas a aturar esse tipo de tratamento? Eu acharia bem melhor não ter ninguém a ter alguém que me fizesse esperar ele terminar para comer.

Porém, eu não queria detonar as coisas com os Verdadeiros Americanos, então larguei o pãozinho, como uma boa dona de casa supremacista branca, e perguntei:

— Vocês têm um banheiro aqui por perto?

A De Lenço na Cabeça apontou para o fim de um corredor, mas não parecia muito feliz com isso. Acho que pensou que eu estava tentando fugir aos deveres dos serviços da cozinha ou algo do gênero.

Vou dizer uma coisa a você: aqueles Verdadeiros Americanos eram bem assustadores. Até os banheiros deles estavam cheios de materiais publicitários racistas. Eu não conseguia acreditar naquilo! Em vez de edições da revista *National Geographic* ou da *Time*, como em uma casa normal, havia uma cópia de *Mein Kampf* a ser lida com atenção enquanto se estivesse indisposto. Como se esses caras tivessem perdido totalmente a parte em que Hitler acabou se mostrando um maníaco ou algo do gênero.

Quando terminei de usar o banheiro, olhei para os dois lados do corredor para ter certeza de que a De Lenço na Cabeça e suas amiguinhas não estavam à espreita por ali. Então comecei a testar as maçanetas. Imaginei que, quando me deparasse com uma trancada, seria a porta do cômodo em que Seth estaria.

Não tardou muito para que isso acontecesse. Não era como se a casa fosse tão grande assim nem nada. O aposento onde eles estavam mantendo Seth cativo ficava bem no fim do corredor, passando pela sala onde as crianças tinham aulas em casa, onde, em vez da velha bandeira vermelha, branca e azul, havia pendurada uma outra daquelas bandeiras com os dizeres NÃO ME ESPEZINHES. A porta estava trancada, mas era uma daquelas trancas baratas automáticas, que a gente só tem que girar do lado certo para abrir. Girei a maçaneta, abri a porta e olhei para dentro.

Seth Blumenthal, com lágrimas escorrendo por seu rosto, estava sentado na cama e piscava para mim na semiescuridão.

— Que-quem é você? — perguntou, hesitante. — O-o que-que quer?

De que outra forma ele esperava que eu respondesse? As palavras saíram da minha boca antes mesmo que eu pudesse me impedir de fazer isso. Tipo, eu só tinha visto o filme umas 17 vezes.

— Meu nome é Luke Skywalker — falei. — Estou aqui para resgatá-lo.

Capítulo 13

Seth não caiu na minha fala do Luke Skywalker. Estava ali um garoto que não podia ser enganado por qualquer coisinha.

— Não — disse ele. — Quem é você, de verdade? Você não parece ser um deles.

Fechei a porta atrás de mim para o caso de a De Lenço na Cabeça vir me procurar. Não havia luz nenhuma no aposento, exceto pelo luar que passava filtrado por entre as placas de madeira que cobriam as janelas — sempre uma coisa a se fazer, segundo Martha Stewart: cobrir suas janelas com placas de madeira, a propósito.

— Meu nome é Jess — falei para Seth. — E nós vamos tirar você daqui. — Mas não por essas janelas, naquele momento me dei conta disso. — Você está ferido em algum lugar? Consegue correr?

— Estou bem — disse Seth. — É só a minha mão...

Ele estirou a mão direita. Não era difícil de ver, até mesmo sob o luar, o que havia de errado com a mão dele.

Alguém tinha queimado um símbolo nela, entre o polegar e o indicador. A queimadura estava vermelha e cheia de bolhas. E tinha a forma de uma cobra enrolada.

Como o símbolo que tinha sido entalhado no peito desnudo do Nate Thompkins.

Eu sabia agora como tinham conseguido fazer com que Seth falasse onde encontrariam a Torá.

E eu queria matá-los por isso.

Mas, primeiro, as coisas mais importantes.

— Em seis semanas de hidroterapia — falei a ele — essa queimadura aí vai ter sumido. Não vai deixar nem cicatriz. — Eu sabia disso por causa da minha queimadura de terceiro grau, que tivera aproximadamente o tamanho da dele, mas que adquiri no cano de escape de uma moto quando eu tinha mais ou menos a idade dele. — OK?

Seth balançou a cabeça. Ele não estava mais chorando.

— Aquele policial — disse ele. — Aquele que eles balearam lá no trailer. Ele está bem?

— Com certeza. Está, sim — menti. — Agora, me escuta. Eu tenho que voltar para a cozinha antes que eles notem que sumi. Mas prometo que estarei de volta assim que o tiroteio começar.

— Tiroteio? — Seth parecia preocupado. — Quem vai começar a atirar?

— Amigos meus — respondi. — Eles fizeram um cerco nesse lugar. — Assim eu esperava. — Então, só aguenta firme que vou voltar para buscar você o mais rápido possível. Entendeu?

— Entendi — disse Seth. Então, quando comecei a seguir em direção à porta, ele acrescentou: — Ei, Jess.

Eu me virei.

— Fala?

— Que dia é hoje?

Falei a ele que dia era, e ele assentiu, pensativo.

— Hoje é o dia do meu aniversário — respondeu, aparentemente para ninguém específico. — Tenho 13 anos.

— Feliz aniversário — falei. Bem, o que mais eu deveria dizer?

Eu estava me afastando devagar da recém retrancada porta quando a De Lenço na Cabeça apareceu.

— Aonde você acha que vai? — indagou ela. Uma coisa que eu tinha a dizer sobre as mulheres dos Verdadeiros Americanos: elas não eram lá muito educadas.

— Ah — falei, dando a minha risadinha tola. — Eu me perdi.

A De Lenço na Cabeça só olhou feio para mim. Depois colocou com tudo uma imensa tigela com algo branco e glutinoso nos meus braços. Ao olhar para baixo, eu me dei conta de que era o purê de batatas. Só que os Verdadeiros Americanos, ao contrário do meu pai, não tinham colocado alho algum no purê, então o aroma que ele exalava era um tanto quanto inclassificável.

— Leve isso para os homens — disse a De Lenço na Cabeça.

— Posso levar — falei a ela, e me dirigi porta afora.

A grande pergunta era, é claro, se aquilo iria dar certo. Quero dizer, Chick e os amigos dele apareceriam a tempo de tirarmos Seth dali? E quanto ao Dr. Krantz? Não vamos nos esquecer dele. Os Federais têm uma tendência enorme a estragar coisas como ataques surpresa. Será que Chick conseguiria contornar qualquer esquema imbecil que o Dr. Krantz provavelmente estava, naquele mesmo momento, armando?

Eu tinha esperanças de que sim. Não pelo meu próprio bem. Eu não estava me importando muito com o que fosse acontecer comigo. Era com Seth que eu estava preocupada. Nós tínhamos que tirá-lo dali.

Ah, é. E matar todos os Verdadeiros Americanos quanto fosse possível.

Normalmente eu não fico por aí desejando matar pessoas, mas quando vi aquela queimadura na mão do Seth, senti algo que nunca tinha sentido antes. Também não me é estranho sentir fúria. Eu fico enfurecida com rapidez e com frequência. Mas não me lembrava de já ter me sentido da forma como me senti quando vi aquela queimadura.

Tive vontade de matar alguém. Uma vontade real de matar. Não de quebrar um nariz nem chutar um saco. Eu queria fazer com que pagassem por marcar a fogo essa criança, e queria que pagassem com a vida.

E eu tinha uma ideia muito boa de quem fizera isso.

Quando eu estava de volta ao celeiro, todos haviam se acalmado em relação ao pequeno discurso de Rob e estavam ocupados enfiando a comida goela abaixo de novo. Por ser a garota que carregava o purê de batatas, fiquei bem popular. Os caras erguiam seus pratos conforme eu passava por eles, segurando-os para que eu os servisse.

Fui servindo-os, pois o que mais poderia fazer? Terminei a minha tarefa fingindo ser uma guarda de prisão e que todos aqueles caras eram serial killers que o estado me mandava manter alimentados.

Na minha cabeça, porém, esse era o mantra que se repetia sem parar: *Anda logo, Chick. Anda logo, Chick. Anda logo, Chick.*

Quando cheguei ao Rob, vi que ele e Henderson já estavam bem a caminho de se tornar melhores amigos. Bem, e por que não? Rob seria uma bela vantagem para qualquer grupo discriminatório. Ele era atraente, excelente com as mãos e, embora eu não soubesse desse talento dele até muito recentemente, estava óbvio que era um apaixonado e lúcido orador. Eu tinha a sensação de que, dado o devido tempo, Rob teria se tornado o braço direito do Jim Henderson.

Que pena para os Verdadeiros Americanos que tudo isso era uma farsa.

Mas era uma farsa com boas atuações. Claire Lippman teria ficado pasma com o talento teatral do Rob. Ao me inclinar sobre a cadeira dele para colocar purê de batatas em seu prato, ele nem mesmo pareceu me notar de tão concentrado que estava no que dizia... algo sobre como os criminosos em Washington estavam nos vendendo com alguma coisa chamada GATT.

Uau! Estava óbvio que Rob vinha assistindo a muito mais coisas na CNN do que eu.

Depois de colocar uma quantia de batatas no prato do Jim Henderson — só por um segundo eu realmente fantasiei fingir que as derrubava, acidentalmente, no colo dele —, segui em frente para servir o restante do pessoal à mesa, tentando não notar, enquanto fazia essa tarefa, uma coisa perturbadora. Havia muitas coisas perturbadoras a serem notadas naquele celeiro, mas aquela para a qual minha atenção sempre voltava eram as mãos dos homens. Todos eles tinham a mesma tatuagem no tecido entre o polegar e o indicador em suas mãos direitas. E era a cobra enrolada da bandeira com os dizeres "Não me espezinhes". A mesma cobra que estivera no peito do Nate. A mesma cobra que tinha sido queimada na mão do Seth. Deixe-me falar uma coisa a você: isso era meio que uma fraternidade.

Foi só quando a minha tigela estava quase vazia que senti o cutucão frio e molhado numa das mãos. Olhei para baixo e me deparei com Chigger, erguendo seus grandes olhos castanhos, com ares suplicantes. Não havia mais o rosnado ameaçador nem os pelos eriçados de suas costas. Eu tinha comida, e Chigger queria comida. Portanto, se eu desse comida ao Chigger, viraria amiga dele.

Deixei que Chigger lambesse o que tinha sobrado na tigela.

Eu totalmente pretendia voltar até a cozinha da casa de rancho e enchê-la de novo com purê de batatas sem passar uma água nela primeiro. Para falar a verdade, eu estava me dirigindo à porta do celeiro para fazer exatamente isso quando notei algo que não me agradou... não me agradou nem um pouco. E isso era a De Lenço na Cabeça, à mesa do Jim Henderson, inclinando-se para baixo para sussurrar algo ao ouvido dele. Enquanto ela fazia isso, eu vi que Jim olhou ao redor da sala, até que, por fim, seu olhar contemplativo se deparou comigo. Aqueles penetrantes olhos azuis ficaram fixos em mim até que a De Lenço na Cabeça tivesse terminado o que tinha a dizer e se endireitado.

Poderia ter sido um monte de coisa. Poderia ter sido o lance com o pãozinho. Pô, ela poderia ter me visto deixando Chigger lamber a tigela.

Mas eu não sou nenhuma idiota. Sabia o que era. Sabia o que era desde o instante em que Jim Henderson fixara seu olhar em mim.

A De Lenço na Cabeça contou a ele que me pegou no corredor perto do aposento onde eles estavam mantendo Seth em cativeiro. Era isso.

Estávamos mortos.

Porém, demorou um pouco para acontecer. Henderson sussurrou algo em resposta à De Lenço na Cabeça, e ela saiu correndo dali, como se fosse um percevejo de água. Por um breve instante, achei que talvez tudo fosse ficar bem com a gente. Sabe, que talvez eu houvesse me enganado. Rob seguia com seu discurso sobre as abominações da natureza e sobre como a América nunca voltaria à condição de grande nação que fora até que todos os cristãos tivessem se unido, ao que Henderson parecia estar ouvindo com muita atenção.

Contudo, foi então que vi algo que fez com que meu coração parasse de bater.

E o que vi foi o Cara com o Casaco Xadrez Vermelho com a boca de seu rifle apontada para o pescoço do Seth

Blumenthal enquanto forçava o garoto a cruzar o celeiro, indo direto até onde Jim Henderson e Rob estavam sentados.

Todos pararam de falar quando viram isso e, mais uma vez, o silêncio no celeiro era esmagador. O único som que eu conseguia ouvir eram os choros soluçados do Seth. Ele tinha começado a chorar de novo. Vi Seth olhando freneticamente ao redor do celeiro e sabia que ele estava procurando por mim. Felizmente, eu estava longe o suficiente nas sombras para ele não ter sido capaz de me ver, ou sem dúvida eu estaria morta.

Se eu soubesse, é claro, o que ia acontecer um minuto depois, de qualquer forma, provavelmente não teria me importado tanto com isso. Do jeito que era, eu estava realmente aliviada por Seth não ter me avistado. Afundei os dedos nos pelos macios de Chigger e forcei o meu coração a começar a bater de novo. *Anda logo, Chick. Anda logo, Chick. Anda logo, Chick!*

— Americanos — disse Jim Henderson às massas ali reunidas. Pude ver de imediato que ele era tão bom orador quanto Rob. Todo mundo olhava para ele com aquela expressão vidrada de adoração que eu reconhecia daquele filme sobre o massacre de Jim Jones. Henderson era o messias na terra dessas pessoas.

— Nós fizemos alguns novos e bons amigos essa noite — prosseguiu Henderson, dando um tapinha no ombro do Rob. Só conseguiu fazer isso foi porque estava em pé, enquanto Rob estava sentado. — E por isso eu sou grato. Estou grato por Hank e Ginger terem encontrado o caminho para se juntar ao nosso pequeno rebanho.

Ginger? Quem diabos era Ginger? Então, quando várias cabeças se voltaram para mim, eu me dei conta de que Rob tinha dito a eles que o meu nome era Ginger

Ele é uma tremenda figura!

— Porém, por mais impressionados que estejamos com Hank e Ginger tendo professado sua dedicação à nossa causa — continuou Henderson —, só há uma maneira de se testar a lealdade de um Verdadeiro Americano, não é?

Seguiu-se um murmúrio geral de assentimento. Meu coração começou com suas pancadas mais altas do que nunca. Eu não gostava de como isso soava. Não estava gostando de como nada disso estava soando.

— Hank — disse Henderson, voltando-se para Rob. — Você está vendo um garoto à sua frente. Eu sei que, aparentemente, ele tem um ar bem inocente. Mas a inocência, como todos nós sabemos, pode ser enganadora. O diabo às vezes tenta nos ludibriar, fazendo com que acreditemos na inocência de um indivíduo quando, na verdade, tal indivíduo está carregado de pecados. Nesse caso, o garoto está embebido em pecados, porque ele é, na verdade, um judeu.

Afundei meus dedos com tanta força na pele de Chigger que um cachorro menor teria chorado. Ele, porém, só abanava o rabo, ainda com esperança de ganhar uma boquinha da tigela que eu estava segurando. Aparentemente, ninguém nunca tinha se dado ao trabalho de alimentar Chigger antes. Como mais se poderia explicar a facilidade com que ganhei a lealdade dele?

— Hank — disse Henderson. — Porque você, no curto período de tempo em que o conheço, já me impressionou tão por completo com sua sinceridade e com seu compromisso com a causa, vou permitir que tenha um grande privilégio que antes fora negado tanto a mim mesmo quanto a meus outros homens. Hank, vou permitir que você mate um judeu.

E, com isso, Jim Henderson ofereceu a Rob uma faca que tirou de sua própria bota.

Muitas coisas passaram pela minha cabeça naquele momento. Pensei no quanto eu amava a minha mãe, mesmo que ela seja um pé no saco às vezes com suas ideias malucas sobre como devo me vestir e quem devo namorar. Pensei no quão enfurecida eu ficaria se não permanecesse por ali para saber se Douglas algum dia faria alguma coisa em relação a sua quedinha por Tasha Thompkins. Pensei no campeonato estadual da orquestra e em como, pela primeira vez em anos, eu não estaria levando para casa uma fita azul cortada no formato do estado de Indiana.

É estranho as coisas em que a gente pensa antes de morrer. Nem mesmo sei como eu sabia que ia morrer. Eu simplesmente sabia, da mesma forma como sabia que, em algum momento, toda aquela neve lá fora ia derreter, e a primavera chegaria novamente um dia. Rob e eu íamos morrer, e a única coisa de que teríamos que nos certificar era que eles não tentariam matar Seth junto com a gente.

— Bem — dizia Henderson ao meu namorado. — Vá em frente. Pegue a minha faca. Isso mesmo. Ele é apenas um judeu.

Eu tenho que dizer que Seth Blumenthal bem valente. Ele estava chorando, mas baixinho, com a cabeça bem erguida. Acho que, depois de tudo pelo que tinha passado, a morte não lhe parecera algo tão ruim assim. Não sei de que outra forma poderia explicar isso. Eu meio que me sentia do mesmo jeito que ele. Não estava com medo, não mesmo. Ah, eu não queria que doesse. Mas não estava com medo de morrer.

Tudo que eu queria era levar comigo o máximo de Verdadeiros Americanos que pudesse.

Rob esticou a mão e pegou a faca de Jim Henderson.

— Isso mesmo, garoto! — disse Henderson, sorrindo de um jeito doentio sob o seu bigode. — Agora vá em frente. Mostre a nós que você é um verdadeiro crente. Enfie essa faca no porco.

Então Rob fez a única coisa que ele poderia fazer. A mesma coisa que eu teria feito na situação em que ele se encontrava.

Ele jogou um dos braços em volta do pescoço do Jim Henderson, levou a lâmina da faca até a jugular dele e disse:

— Alguém se mexe e o Jimbo aqui leva!

Capítulo 14

Você já esteve em um jogo de futebol americano em que o time com classificação mais alta estava tão certo de que ganharia que não havia nem mesmo uma sombra de dúvida nas mentes de seus fãs de que eles não ganhariam o jogo? E então, por causa de um cálculo errado feito por parte do time superior, os inferiores acabaram ficando por cima?

Os rostos dos Verdadeiros Americanos pareciam ter a mesma expressão do pessoal que era fã do time que estava ganhando segundos depois de seu time ter feito uma jogada tão horrível que seu oponente, contra todas as expectativas, conseguiu fazer um *touchdown*.

Eles estavam pasmos. Simplesmente pasmos.

— Obrigada — falei ao Cara com o Casaco Xadrez Vermelho enquanto tirava o rifle dele. — Eu fico com isso.

Eu nunca tinha segurado um rifle antes na minha vida, mas fazia uma boa ideia de como funcionava. É só apontar a coisa para onde a gente quer acertar e puxar o gatilho. Nenhum grande mistério quanto a isso.

É claro que, se você fosse parar para pensar na situação, não havia nenhum motivo para que Rob e eu estivéssemos tão "metidos". OK, então tá, Rob estava com uma faca apontada para a garganta de um cara e eu tinha um rifle. Grande coisa. Ainda era cerca de cinquenta contra dois. Bem, três se fosse contar Seth. Quatro, incluindo Chigger, que ainda estava me seguindo, na esperança de conseguir mais purê de batatas, mesmo depois de eu ter colocado a tigela no chão.

Mas, ei, pelo momento estávamos com a bola na mão e tiraríamos proveito disso enquanto pudéssemos.

— OK — disse Rob, enquanto o sangue, lentamente, ia sendo drenado da face do Jim Henderson, e não porque Rob tinha aberto um buraco nele ou algo do tipo. Só porque o líder dos Verdadeiros Americanos estava muito, mas muito assustado mesmo.

— OK, agora. É só todo mundo ficar muito calmo e ninguém vai se machucar. — Ei, ele tinha me convencido. Rob parecia totalmente crível como alguém que toma reféns com o uso de uma faca. — Eu, a garota, o menino e o Jimbo aqui vamos dar um passeiozinho. E se qualquer um de vocês quiser que seu líder destemido sobreviva a isso, vão nos deixar ir embora. OK?

Quando ninguém apresentou objeção alguma, Rob prosseguiu:

— Que bom. Jess. Seth. Vamos.

E então começamos o que deve ter parecido um desfile bizarro. Comigo liderando o caminho, com um rifle numa das mãos e um cachorro aos meus calcanhares, Seth, que parecia em transe, me seguia, assim como Rob, cujo braço estava em volta do Jim Henderson, assumindo sua posição no fim do grupo, seguimos descendo pelo celeiro. No entanto, eu não queria dar a vocês a impressão de que o Sr. Henderson estava bancando o mártir silencioso em tudo isso. Ah, não! Veja, as pessoas que não sentem a mínima náusea em fazer coisas indizíveis e horríveis aos outros são sempre as que agem como os maiores bebezinhos de todos sempre que alguém, por sua vez, os ameaça.

Não estou brincando. Jim Henderson estava praticamente chorando. Ele estava se lamuriando numa voz altamente aguda:

— Vocês podem achar que vão se safar disso, mas eu vou dizer o que vai acontecer. As pessoas vão se levantar. Meu povo vai se erguer e seguir a trilha do que é certo. E traidores como você, garoto, traidores de sua própria raça, vão arder no fogo do inferno por toda a eternidade...

— Dá pra você — disse Rob — calar a boca?

Só que Jim Henderson estava errado. As pessoas não se ergueriam. Pelo menos, não todas de imediato. Eles estavam chocados demais com o que estava acontecendo com o líder deles para que erguessem um dedo para ajudá-lo. Ou talvez apenas realmente acreditassem que se tentassem fazer alguma coisa para nos parar, Rob teria cortado a garganta do amado Jim Henderson.

De qualquer forma, as pessoas realmente não se ergueram.

Apenas uma pessoa fez isso.

A De Lenço na Cabeça, para ser mais exata.

Eu deveria ter visto que isso ia acontecer. Tipo, tinha sido fácil, fácil demais.

Mas vou admitir. Fiquei metida. Comecei a achar que essas pessoas eram idiotas, porque tinham essas ideias tacanhas sobre as coisas. Esse foi o meu primeiro erro. Porque a coisa mais assustadora em relação aos Verdadeiros Americanos é que eles não eram idiotas. Eles eram apenas realmente maus.

Como ficou claro demais quando ouvi, atrás de mim, o som de vidro se quebrando.

Eu me dei conta do segundo erro que cometi no instante em que me virei. O primeiro tinha sido presumir que os Verdadeiros Americanos eram idiotas. O segundo tinha sido não cobrir a retaguarda do Rob com o rifle.

Porque, quando me virei, o que vi foi a De Lenço na Cabeça lá em pé com dois pedaços quebrados da minha tigela de purê de batatas nas mãos. O restante dos pedaços estavam espalhados por todo o chão... onde Rob também estava, caído. A vadia tinha se esgueirado por trás dele e tinha aberto o crânio dele com a tigela.

Ei, eu não hesitei. Ergui aquele rifle e atirei. Nem pensei, de tão enfurecida que estava. Com fúria e medo. Havia muito sangue saindo do talho na cabeça do Rob. A cada segundo que se passava, mais sangue saía.

Mas eu nunca tinha atirado com um rifle antes. Não sabia como era o recuo dele. E não é como se eu fosse uma pessoa terrivelmente grande, nem nada do tipo. Puxei o gatilho, a arma fez uma explosão e, em seguida, eu estava no chão, com Chigger lambendo o meu rosto e cerca de um milhão de pistolas apontadas para o meu rosto.

Dentre as qualidades ou falta delas que os Verdadeiros Americanos poderiam ter não estava a falta de armas.

A pior parte disso era que eu nem mesmo tinha atingido a De Lenço na Cabeça. Errei-a por muito.

Contudo, realmente consegui causar uns bons danos à bandeira com os dizeres "Não me espezinhes".

— Se você matou o meu namorado — falei, rosnando para a De Lenço na Cabeça, enquanto um monte de mãos começava a me pegar e me arrastar para que eu ficasse em pé —, vou fazer com que se arrependa do dia em que nasceu! Está me ouvindo, hálito de placenta?

Sei que era infantil partir para xingamentos, mas não tinha certeza de que estava bem da cabeça. Quero dizer, Rob estava lá caído, completamente inconsciente, com todo aquele sangue formando uma poça em volta de sua cabeça. E eles não me deixaram chegar perto dele. Eu tentei chegar até ele. Realmente tentei. Mas não me deixaram.

Pelo contrário, eles me trancafiaram. Isso mesmo. Naquela salinha em que Seth tinha ficado trancado. Eles me jogaram bem ali. Seth e Eu. No escuro. No frio. Sem nenhum jeito de saber se o meu namorado estava vivo ou morto.

Não sei quanto tempo se passou antes de eu parar de chutar a porta e gritar. Tudo que eu sabia era que as laterais dos meus pulsos cerrados, que eu usara para socar a madeira surpreendentemente resistente, doíam. E Seth estava me encarando como se eu fosse uma fugitiva de algum hospício. Mesmo. O menino parecia estar com medo.

Pareceu sentir mais medo ainda quando falei:

— Não se preocupe. Vou tirar você daqui.

Bem, acho que não poderia culpá-lo por isso. Provavelmente eu não estava exalando uma aura de maturidade adulta naquele exato momento.

Fui até onde ele estava sentado e me afundei na cama ao lado dele. De repente, eu estava mesmo cansada. Tinha sido um dia longo.

Eu e Seth ficamos sentados lá no escuro, ouvindo os sons distantes das mulheres batendo panelas e potes na cozinha. Acho que não importava que tipo de assassinato e confusão estivesse acontecendo no celeiro, o jantar ainda precisava ser servido. Quero dizer, todos aqueles homens precisavam manter suas forças para continuar a fazer do país um lugar a salvo para os homens brancos, certo?

Por fim, depois do que pareceu um milhão de anos, Seth falou alguma coisa:

— Lamento pelo seu amigo — seu tom de voz era tímido.

Dei de ombros. Eu não queria exatamente pensar em Rob. Se ele estivesse morto, seria uma coisa. Eu lidaria com isso quando chegasse o momento, provavelmente me jogando de cabeça na pedreira do Pike ou sei lá.

Mas, se ele ainda estivesse vivo, e estivessem fazendo coisas com ele do mesmo jeito como tinham feito com Seth...

Bem, vamos simplesmente dizer que, estivesse Rob vivo ou morto, eu faria da minha única missão de vida caçar todos os Verdadeiros Americanos e fazê-los pagar por isso.

De preferência, com um lança-chamas.

— Como... — Seth coçou a cabeça. Ele era um garoto com uma aparência engraçada, alto para sua idade, com cabelos e olhos escuros, assim como os meus. — A propósito, como você me encontrou?

Baixei o olhar para as minhas botas Timberland, embora não as estivesse exatamente vendo, ou vendo alguma coisa, para falar a verdade. Tudo que eu podia ver era Rob lá caído, com um talho na cabeça.

— Eu tenho esse lance — falei, cansada.

— Um lance? — perguntou Seth.

— Um lance psíquico — falei. Que seria outra coisa. Se Rob estivesse morto, eu não saberia? Quero dizer, eu não sentiria isso? Tenho plena certeza de que sim.

Mas não senti. Não senti nada. Além de cansaço, muito, mas muito cansaço mesmo.

— Verdade? — Sob o luar, o rosto do Seth parecia bem mais jovem do que seus 13 anos. — Ei, é isso mesmo. Você é aquela garota. A Garota Relâmpago. Achei que tinha visto você antes em algum lugar. Você estava no noticiário.

— Sou eu mesma — falei. — Garota Relâmpago.

— Isso é tão legal! — disse Seth, num tom de admiração.

— Isso não é tão legal assim — respondi.

— Não — disse Seth. — É, sim. É mesmo. É como se você tivesse o sistema LoJack para recuperar crianças perdidas, ou algo assim.

— É — falei. — E olha o que isso me trouxe de bom. Eu e você estamos presos aqui, e meu namorado está lá fora, sangrando até morrer, e um outro garoto está morto, e provavelmente um policial também...

Eu vi o rosto dele ficar franzido, e só então me dei conta do que eu tinha dito. Permiti que meu próprio luto e pesar pessoais tomassem conta de mim e falei o que não deveria. Mordi o lábio.

— Você disse que ele estava bem — falou Seth, cujos olhos escuros estavam repentinamente nadando em lágrimas. — O policial. Você disse que estava tudo bem com ele.

— Ele está bem — falei, colocando o braço em volta do garoto. — Ele está bem, sim. Sinto muito. Eu só perdi a cabeça por um minuto.

— Ele não está bem — lamuriou-se Seth. — Ele está morto, não está? E por minha causa! Tudo por minha causa!

Era incrível que, depois de tudo pelo que esse garoto tinha passado, a única coisa que realmente o perturbava era a ideia de que um policial que havia tentado salvá-lo tivesse acabado sendo baleado por causa dele. Seth Blumenthal, garoto do Bar Mitzvah, realmente era uma figura!

— Não por sua causa — falei, em tom reconfortante. — Por causa daqueles canalhas dos Verdadeiros Americanos. E, além disso, ele não está morto, OK? Quero dizer, ele está bem ferido, mas morto ele não está. Eu juro!

Mas claramente Seth não acreditava em mim. E por que deveria? Eu não tinha sido a pessoa mais confiável que ele já conhecera na vida, tinha? Falei para o menino que eu estava ali para salvá-lo, só que, em vez de fazer isso, agora eu era tão prisioneira quanto ele. Vou dizer uma coisa... eu estava começando a concordar com ele: como salvadora de alguma coisa, eu era um horror.

Estava apenas tendo esses pensamentos agradáveis quando a porta que dava para a sala em que estávamos trancafiados de repente se abriu. Pisquei quando a luz do corredor, que parecia brilhante de um jeito não natural, graças ao fato de que os meus olhos tinham se ajustado à semiescuridão de nossa cela, inundou o ambiente. Então uma silhueta, à entrada, bloqueou a luz.

— Bem, e agora? — reconheci o sotaque sulista do Jim Henderson. — Estão confortáveis, vocês dois? Parecem saídos de um cartão postal!

Tirei o braço dos ombros do Seth e me levantei. Com a minha visão se acostumado à luz do corredor, fui capaz de ver que Henderson ficou um pouco desconcertado quando fiz isso, pois ele era no máximo só uns cinco centímetros mais alto do que eu.

— Onde está Rob? — exigi saber.

Henderson parecia confuso.

— Rob? Quem é Rob? — Foi então que a ficha caiu para ele. — Ah, você está se referindo ao *Hank*? O seu amigo com a boquinha esperta? Ah, sinto muito. Ele está morto.

Meu nariz estava praticamente na altura do dele. Foi preciso tudo que havia em mim para não dar uma cabeçada naquele imbecil!

— Eu não acredito em você — falei.

— Bem, é melhor começar a acreditar, docinho — disse o Henderson.

Notei que seus olhos, azuis como eram, pareciam estar enfrentando problemas para focar. Ele tinha o que eu, já tendo entrado em brigas com um número razoável de pessoas com a mesma característica, chamo de olhos loucos. O olhar dele estava por todos os lugares, às vezes ele olhava para as janelas cobertas com as placas de madeira atrás de mim, às vezes para Seth, às vezes para o teto, mas raramente mesmo para onde deveria estar focando: no meu.

Viu? Olhos loucos.

Infelizmente, eu sabia, por experiência, que não havia como predizer o que alguém com olhos loucos faria em seguida. De modo geral, era sempre a última coisa que se esperava.

Eu teria me arriscado, esticado a mão e envolvido a cabeça do Jim Henderson em uma gravata se não fosse pelo Cara com o Casaco Xadrez Vermelho, que estava parado lá no corredor atrás dele. Ele tinha recuperado seu rifle e o estava apontando de um jeito casual para mim. Isso era desencorajador, para dizer o mínimo. Eu tinha uma sensação ruim de que a mira dele era melhor do que a minha.

— Sabe? — disse Henderson. — Não são só as minorias, como os judeus e os pretos, que estão arruinando esse país. São pessoas como você e seu namorado lá atrás. Traidores da própria raça. Pessoas como vocês, que têm vergonha da brancura de sua pele em vez de sentirem orgulho, orgulho!, de serem membros da raça escolhida por Deus.

— O único momento em que tenho vergonha de fazer parte da raça branca — falei — é quando estou perto de lunáticos dementes como você.

— Viu? — disse Henderson para a De Lenço na Cabeça, que estava atrás do Cara com o Casaco Xadrez Vermelho, e observava a forma como seu líder lidava comigo com grande interesse. — Viu o que acontece quando a mídia liberal põe as garras nas nossas crianças? É por isso que não permito que os filhos e as filhas dos Verdadeiros Americanos assistam à TV. Filmes e rádio também não, ou nenhum desses ruídos que vocês chamam de música. Nada de jornais nem revistas. Nada para embotar a mente e obstruir a capacidade de julgamento.

Eu não conseguia acreditar que ele estava ali parado me passando um sermão. O que era isso, escola? Alô, começa logo com a tortura de uma vez! Eu juro que preferia ter sido mantida de cabeça para baixo e marcada a fogo a ouvir essas baboseiras aleatórias desse cara por mais um pouco.

Porém, infelizmente, ele não tinha terminado.

— Quem enviou vocês? — perguntou Henderson a mim. — Diga para quem vocês trabalham. A CIA? O FBI? Para quem?

Eu caí na gargalhada, embora, é claro, não houvesse nada de engraçado na situação toda.

— Eu não trabalho para ninguém — falei. — Vim até aqui pelo Seth.

Henderson balançou a cabeça, negando.

— Tão jovem — disse ele. — Ainda assim, tão cheia de mentiras. A América não pertence a pessoas como você, sabia? — prosseguiu ele. — A América é um lugar para pioneiros como nós, pessoas dispostas a trabalhar na terra, que não têm medo de sujar as mãos.

— Com certeza você provou isso — comentei — quando matou Nate Thompkins. Não dá para ficar mais sujo do que aquilo.

Henderson sorriu, porém, novamente, graças a seus olhos loucos, o sorriso não chegava muito bem aos olhos azuis de bebê dele.

— Você está falando do garoto preto? Sim, bem, foi preciso deixar um aviso para o caso de mais pessoas como ele colocarem na cabeça que deveriam se mudar para essa área. Veja, é importante que mantenhamos a terra pura para as nossas crianças, os filhos e as filhas dos Verdadeiros Americanos.

— Bem, parabéns — falei. — Aposto que seus filhos vão ficar realmente felizes com o que vocês fizeram com Nate, especialmente quando estiverem fritando a sua bunda por assassinato lá em Indianapolis. Eu sei o quanto eu ficaria orgulhosa em ter um pai criminoso condenado.

— Eu não me preocupo com as leis feitas pelos homens — informou o Sr. Olhos Loucos, com um sorriso. — Eu só me preocupo com as leis divinas, as leis escritas por Deus.

— Hum — falei. — Então você vai ser pego de surpresa. Porque tenho quase certeza de que "Não matarás" veio direto do cara grandão lá em cima.

Mas Jim balançou a cabeça em negativa.

— Somente é pecado matar aqueles que Deus criou à sua própria imagem. Em outras palavras, homens brancos — explicou ele, cansado. — Pessoas como você nunca vão entender. — Ele soltou um suspiro. — Vivendo como sempre viveu, no conforto da cidade, sem nunca saber o que é lavrar o solo...

— Tenho uma novidade para você — falei. — Há muitas pessoas que eu conheço que não moram na cidade e que lavraram bastante o solo, mas que se sentem da mesma forma que eu em relação a malucos como você.

Ele prosseguiu como se não tivesse ouvido o que eu falei. Quem ia saber? Talvez ele não tivesse me ouvido. Claramente o Sr. Henderson só estava ouvindo o que queria ouvir, de qualquer forma.

— Os americanos sempre lidaram com a adversidade. Desde os selvagens com que se depararam em sua chegada a esta grande terra, e depois, as influências estrangeiras, que ameaçavam destruí-los. É muito irônico, não é, que a maior ameaça de todas não venha de forças estrangeiras, mas sim de dentro do país, da própria América!

— Que seja! — falei. Eu já tinha aguentado o máximo que poderia disso tudo. — Você está aqui para dar cabo de mim ou o quê?

O Olhos Loucos finalmente me olhou bem no rosto.

— Nos livraremos de você — disse ele, em uma voz tão fria quanto o vento lá fora. — Você, seu namorado e o judeu... nós nos livraremos de todos vocês, da mesma forma como fizemos com o garoto preto. Seus corpos serão deixados como uma forma de aviso para qualquer um que duvidar de que a nova era chegou e de que a batalha começou. Veja, alguém tem que lutar por essa grande nação. Alguém tem que manter a América a salvo para os nossos filhos, impedir que ela sucumba ao ódio e à ganância...

O grande Jim Henderson foi interrompido quando, do lado de fora do rancho, uma explosão enorme — um pouco como aquelas que poderiam ocorrer se alguém jogasse um cigarro aceso no tanque séptico de um trailer — abalou o complexo.

Ergui o olhar e abri um sorriso doce, olhando nos olhos loucos do Jim Henderson, e disse:

— Hum, Sr. Henderson? Acho que esse alguém de quem você estava falando, esse alguém que vai fazer com que a América fique a salvo para os nossos filhos? É. Ele e os amigos dele acabaram de chegar. E, pelo que deu pra ouvir, vocês realmente os deixaram enfurecidos!

Capítulo 15

E então eu o arrastei e dei um golpe nele com toda a força. Bem entre aqueles olhos loucos e ardilosos.

Doeu pra caramba, porque a maior parte do que as juntas dos meus dedos atingiram era osso, mas eu não estava nem aí pra dor. Eu vinha querendo socar aquele cara fazia muito, mas muito tempo mesmo. A dor que senti valeu totalmente a pena, especialmente quando, como eu sabia que aconteceria, Henderson se encolheu, que nem uma boneca, e caiu no chão, gemendo.

— Ela me atacou — gritou ele. — Ela me atacou! Não fique aí simplesmente parado, Nolan! Faça alguma coisa! A vadia me atacou!

Nolan, também conhecido como o Cara com o Casaco Xadrez Vermelho, estava ocupado demais gritando a seu Walkie-Talkie para prestar atenção em seu líder destemido.

— Temos invasores! Está me ouvindo, Líder Azul! Estamos sendo atacados. Está me ouvindo? Está me ouvindo?

O Cara com o Casaco Xadrez Vermelho podia estar mais interessado no que estava acontecendo no restante do complexo, mas esse não era certamente o caso com a De Lenço na Cabeça. Ela estava bem despedaçada por eu ter dado uma cutucada em seu líder espiritual — ei, por tudo que sabemos, Henderson bem que poderia ser o queridinho dela. Ela poderia facilmente ser a Sra. Henderson.

Eu estava pulando pelos arredores, mexendo no ar as juntas doloridos dos meus dedos, quando a De Lenço na Cabeça, com um rosnado que teria deixado Chigger com vergonha, se lançou para cima de mim.

— Ninguém faz isso com Jim — declarou ela, enquanto seu peso não tão insignificante assim me atingia com toda a força, me fazendo voltar para a cama, presa debaixo dela.

A Sra. Henderson — se ela era mesmo essa pessoa — era uma mulher grande, tudo bem, mas tinha a desvantagem de não ter entrado em muitas brigas antes, o que ficou claro pelo fato de que ela não foi atacar direto os meus olhos, como alguém mais acostumado a enfrentar adversários teria feito.

Além do mais, apesar de toda a sua massa corporal, a Sra. Henderson não era muito musculosa. Foi com facilidade que me virei e meti uma joelhada na barriga dela, e depois lhe dei uma cotovelada na nuca enquanto ela estava afundada, agarrando sua barriga. E, com isso, dei conta da De Lenço na Cabeça.

Enquanto isso, do lado de fora, uma outra onda de explosão passou pelo complexo.

— Salvem as crianças — disse a De Lenço na Cabeça, ofegante. — Alguém salve as crianças!

Como se Chick e aqueles caras estivessem sequer mirando nas crianças. Estou muito certa disso.

— Quem vocês acham que nós somos? — demandei. — *Vocês?*

Então estiquei a mão, agarrei Seth pelo braço, e disse:

— Venha!

E nós teríamos conseguido sair de lá em segurança se eu tivesse atingido Henderson com um pouco mais de força. Infelizmente, porém, ele se recuperou com muita rapidez do meu soco... ou pelo menos com rapidez o bastante para esticar a mão e envolver o meu tornozelo com ela, assim que estávamos passando por cima dele.

— Vocês não vão a lugar nenhum — disse Jim Henderson baixinho. Eu senti um deleite ao ver o sangue escorrer do nariz dele. Não tanto sangue quanto havia jorrado da cabeça do Rob, mas era, mesmo assim, uma quantidade satisfatória de sangue.

— Está tudo acabado, Sr. Henderson — falei. — É melhor que você deixe a gente ir embora agora ou vai se arrepender.

— Sua vadia idiota! — disse Henderson, respirando com dificuldade. Ele não conseguia falar muito bem, por causa do sangue e do muco que estavam entrando na boca graças ao que eu tinha feito com seu nariz. — Você não tem a mínima ideia do que você fez. Você acha que fez um favor a este país, mas tudo que você fez foi assinar sua sentença de morte.

— Ei, Sr. Henderson... — disse Seth.

Quando o homem com os olhos loucos ergueu seu olhar, o garoto levou o pé com toda a força para cima da mão do cara que segurava o meu tornozelo.

— ... fala com o meu pé!

Henderson, com mais um grito de dor, soltou-me de imediato. E eu e Seth descemos o corredor com tudo.

O Cara com o Casaco Xadrez Vermelho, também conhecido como Nolan, tinha desaparecido. Contudo, havia um bom número de outras pessoas criando caos na casa do rancho. Mulheres e crianças estavam andando de um lado para o outro, como peixinhos dourados numa tigela, chamando uns aos outros pelos nomes e caindo uns por cima dos outros. Eu realmente não podia culpá-los por entrarem em pânico. O cheiro acre de fumaça já estava espesso no ar e ficou ainda mais quando eu e Seth finalmente conseguimos irromper para o lado de fora...

... e fomos recebidos pela visão do celeiro e da casa de reuniões do Jim Henderson em chamas.

Ambos os trailers também estavam em chamas. Em volta do pátio coberto de neve corriam os Verdadeiros Americanos, acenando no ar com rifles e em pânico. O pânico não se devia apenas ao fato de que a maior parte de seu complexo estava pegando fogo. Era também porque homens extremamente grandes, muitos dos quais usavam chapéus de caubóis, estavam chicoteando para a frente e para trás em motos de neve. Era uma visão magnificente, de verdade, ver aqueles veículos reluzentes cruzando a neve em perseguição direta de um Verdadeiro Americano de macacão. Eu vi o

Cara com o Casaco Xadrez Vermelho tentar mirar num deles com seu rifle. Que pena para ele que, no minuto em que ele fez essa tentativa, um outro cara montado numa moto de neve e gritando "Yahoo!", veio com tudo em sua direção, fazendo com que a arma voasse de suas mãos.

Enquanto isso, não muito ao longe, um outro cara numa moto de neve tinha enlaçado um Verdadeiro Americano que tentava fugir, com tanta destreza como se fosse um boi fugidio, trazendo-o abaixo, na neve, com um satisfatório som oco. Em algum outro lugar, dois caras em motos de neve tinham encurralado um par de asseclas do Jim Henderson, e estavam apenas deslizando com a moto em volta deles, dando-lhes um minúsculo espaço para fuga, e depois cortando essa rota de fuga, no último instante, só para se divertirem.

— Nossa — disse Seth, com os olhos arregalados. — Quem *são* esses caras?

Soltei um suspiro, feliz, com o coração cheio de alegria.

— Caipiras — respondi.

E foi então que me lembrei do Rob. Ele que, da última vez em que eu o vira, estava estirado no chão da casa de reuniões dos Verdadeiros Americanos.

Que agora estava em chamas.

Eu me esqueci do Seth. Eu me esqueci do Jim Henderson e Chick e dos Verdadeiros Americanos. Tudo em que eu pensava era em chegar até Rob, e o mais rápido quanto fosse humanamente possível.

Infelizmente, isso significava correr pela neve em direção a um prédio em chamas enquanto os Hell's Angels e caminhoneiros montados em motos de neve estavam detonando o lugar. É de se admirar que eu tenha chegado tão longe. Parte disso foi devido ao fato de que Chigger apareceu do nada e, aparentemente, achando que eu ainda tinha purê de batatas comigo, se pôs a correr atrás de mim.

Porém, não o reconheci de imediato — havia outros cachorros correndo pelo lugar, latindo como loucos, graças a todo o tiroteio — e achei que ele estava tentando me derrubar. Então devo confessar que acelerei os passos.

Mas, quando cheguei perto das portas do celeiro e espiei lá dentro, tudo o que eu podia ver eram chamas. As mesas estavam em chamas. As vigas estavam em chamas. Até mesmo as paredes estavam em chamas. Embora eu não pudesse me inclinar muito para dentro, por causa do extremo calor, eu podia ver que não havia ninguém lá dentro... nem mesmo um mecânico de motocicletas inconsciente que, por acaso, estava em condicional.

Então, de repente, fui puxada do chão. Achando que tinha sido pega por um Verdadeiro Americano, ataquei-o com os pés e com os punhos. Mas então uma voz familiar disse:

— Fica calma, mocinha! Sou eu, o velho Chick! O que você queria fazer, botar fogo nos cabelos? Fica longe dessas chamas, elas estão quentes!

— Chick! — Eu me contorci e me revirei nos braços dele até que estava cara a cara com ele. Chick mal podia ser reconhecido em suas roupas de inverno, que incluía óculos grossos de aviação. Mas eu não me importava com a sua aparência. Eu nunca tinha ficado tão feliz ao ver alguém assim antes na minha vida.

— Chick, você viu Rob? Eles o pegaram. Quero dizer, os Verdadeiros Americanos. Eles pegaram Rob!

Chick parecia entediado.

— Wilkins está bem — disse ele, apontando com o polegar para uma picape enferrujada meio enterrada na neve a cerca de uns 20 metros da gente. — Eu o coloquei na traseira daquele velho Chevy. Ele ainda está apagado, mas não parece estar tão mal assim.

Eu me agarrei à parte da frente da jaqueta de couro dele, mal me atrevendo a acreditar no que estava ouvindo.

— Mas o sangue — falei. — Tinha tanto sangue...

— Ah — disse Chick, com repulsa. — Wilkins sempre sangrou que nem um porco mesmo. Não se preocupe com ele. Ele tem uma cabeça dura que nem uma pedra. Vai ficar bem depois de alguns pontos. E o menino? Onde está ele?

Olhei ao meu redor e vi que Seth ainda estava parado perto da porta da casa do rancho, tremendo no frio invernal, apesar do calor das várias labaredas ao redor dele.

— Logo ali — falei, apontando para onde ele estava.

Naquele instante, alguém deu um tiro. Abaixei a cabeça, por instinto, mas acabei indo dar de cara com a neve, pois Chick praticamente me jogou no chão e depois tentou fazer um escudo para mim com seu próprio corpo.

— Idiotas! — murmurou ele, não parecendo nem um pouco embaraçado por estar deitado em cima de uma garota que mal conhecia. — Falei pra esses meninos que tínhamos que acabar com o galpão de munição deles primeiro. Mas eles falaram que de jeito nenhum os tolos iam atirar em nós com mulheres e crianças ao redor. Eles são verdadeiros americanos mesmo. São Verdadeiros Americanos babacas! Droga! Você está bem?

Eu mal conseguia respirar de tão pesado que Chick era.

— Estou bem — resmunguei. — Seth. Tem que tirar Seth... do alcance... dos tiros.

— Estou indo fazer isso — disse Chick. E então, misericordiosamente, ele saiu de cima de mim, e voltou para sua moto de neve. — Você vai até onde está Wilkins — disse ele. — Vou pegar o menino e me encontrar com vocês, então vamos achar um jeito de tirar vocês três desse buraco do inferno.

Ele arrancou com uma borrifada de neve e de cascalho. Eu ainda estava cuspindo minúsculas partículas de gelo quando ouvi um estranho ruído e olhei para baixo.

Chigger ainda estava comigo e fazia a mesma coisa que eu — tentando se livrar de toda a neve e dos pedacinhos de terra que haviam grudado em seus pelos.

Eu me dei conta de que tinha um novo amigo.

— Venha, garoto — falei para ele, e nós dois fomos correndo em direção à picape abandonada.

Eles tinham envolvido Rob em alguma coisa amarela, e depois o colocaram deitado no assento da picape. Eu subi nela, me arrastando, seguida por Chigger. Não estava tão fácil de ver o rosto do Rob no escuro, mas ainda havia brilho suficiente do luar — isso sem falar nas chamas ao nosso redor — para que eu me desse conta de que, como Chick tinha me prometido, ele ainda estava respirando, profunda e regularmente. A ferida em sua cabeça havia parado de sangrar e não parecia nem um pouco tão grave quanto parecera no celeiro. Lá, estava mais para um buraco. Agora eu podia ver que não passava de um corte, que nem chegava a três centímetros.

E isso era para a sorte da Sra. Henderson, porque, se ela tivesse causado danos cerebrais ao meu namorado, isso teria sido o fim dela.

— Está tudo bem — falei para Rob, tirando um pouco dos cabelos escuros dele de sua testa e beijando com cuidado o local no rosto dele que estava menos sujo de sangue. — Estou aqui agora. Vai ficar tudo bem.

Pelo menos era no que eu acreditava naquele instante. E foi logo antes de eu ouvir o profundo rugir na garganta do Chigger, erguer o olhar e me deparar com um homem selvagem, parado ao lado da picape, com os braços erguidos, e o rosto oculto por seus longos cabelos desordenados.

Tá, tá, isso foi só o que me pareceu a princípio. Eu sei que não existem tais coisas como homens selvagens, nem Homens do Gelo, ou Pé Grande, ou seja lá o que for. Mas, é sério! Por um minuto, foi o que achei que aquele cara era! Quero dizer, ele estava completamente coberto de neve e, em pé ali, com os braços erguidos daquele jeito, o que eu deveria pensar? Gritei até não poder mais.

Acho que Chigger teria pulado para cima da garganta do cara se este não tivesse acenado com as mãos que tinha estendido para mim e gritado:

— Jessica! Sou eu! O Dr. Krantz. — Agarrei a espessa coleira de couro de Chigger no último minuto possível e impedi que ele pulasse do assento da picape no pescoço do Cyrus Krantz.

— Minha nossa! — falei, sentando-me novamente, aliviada. — Dr. Krantz, qual é o seu problema? Você não sabe que não se deve chegar nas pessoas se esgueirando desse jeito?

O Dr. Krantz jogou para trás seu imenso capuz com pelos e piscou para mim através das lentes embaçadas de seus óculos.

— Jessica, você está bem? — queria saber. — Fiquei tão preocupado! Quando esses animais nas motos de neve apareceram, achei que a tinha perdido, com certeza...

— Pega leve, doutor — falei. — Os caras nas motos de neve estão do nosso lado. A propósito, o que você está fazendo aqui? Achei que tinha falado pra você ir pra casa.

— Jessica — disse o Dr. Krantz num tom severo. — Você não pode honestamente achar que eu a deixaria aqui no meio do nada, pode? Seu bem-estar é extremamente importante para mim, Jessica. Para todo o FBI, para falar a verdade.

— Ah, é, Dr. Krantz — falei. — E é por isso que você está aqui sozinho. Porque o FBI estava tão preocupado com o meu bem-estar, que mandou reforços imediatamente.

O Dr. Krantz puxou um celular do bolso.

— Eu tentei ligar pedindo ajuda — explicou ele, com um tom de voz tímido —, mas não deve haver nenhum centro de retransmissão tão longe assim no mato. Não consigo sinal.

— Uhm — falei. — Isso deixará Jim Henderson feliz. Ele é contra todo tipo de contato com o mundo externo, sabe? Isso infecta os jovens com ideias liberais.

— Este Henderson é uma pessoa extremamente repugnante, Jessica — disse o Dr. Krantz. — Eu não entendo por que você se sentiu compelida a derrubar ele e seus camaradas sozinha. Vocês poderiam ter vindo até nós. Teríamos ficado felizes em ajudar.

— Bem — falei. Não mencionei que não estava lá muito impressionada com a forma como o Dr. Krantz e os seus camaradas policiais haviam lidado com os Verdadeiros Americanos até agora. — O que passou, passou. Olha, doutor, eu tenho que levar Rob até um hospital. Você acha que consegue me ajudar a carregá-lo até o seu carro? Eu sei que ele é pesado, mas sou mais forte do que pareço, e talvez entre nós dois...

Mas o Dr. Krantz já estava balançando a cabeça em negativa.

— Ah — disse ele. — Mas eu não vim até aqui dirigindo, Jessica. Seria meio impossível vir com um automóvel até aqui. A trilha está praticamente inacessível graças à neve e, além disso, não há realmente nenhuma estrada aqui propriamente dita. Creio que isso faça parte do charme de lugares assim para caras como Jim Henderson...

— Espera um minuto — falei. — Se você não veio dirigindo, como nos seguiu até aqui?

O Dr. Krantz, pela primeira vez desde que o conheci, parecia realmente um pouco envergonhado.

— Bem, veja, eu segui vocês no meu carro até aquele barzinho extraordinário aonde vocês foram. O bar de Chick, acredito que seja? E, então, quando vi, você e o

Sr. Wilkins saindo com motos de neve... bem, eu peguei os meus esquis do porta-malas e segui as trilhas de vocês.

Fiquei encarando-o.

— Os seus *o quê*?

— Meus esquis. — O Dr. Krantz soltou um pigarro. — Esqui *cross-country* é uma das melhores formas de exercícios cardiovasculares, então sempre mantenho os meus comigo nos meses do inverno, porque nunca se sabe quando pode surgir uma oportunidade de...

— Você está me dizendo — interrompi — que esquiou por todo o caminho até aqui? Você. Cyrus Krantz. Esquiou até aqui.

— Bem — disse o Dr. Krantz. — Sim. Não foi realmente tão longe assim. Pouco mais de 30 quilômetros, mais ou menos, o que não é nada para um esquiador bem condicionado, como eu sou. E realmente não acho que seja algo tão extraordinário quanto você está fazendo parecer. O esqui é uma forma perfeitamente viável de exercício...

Quando os tiros começaram, era isso que estávamos fazendo. Falando sobre esquiar. Esqui *cross-country*, para ser mais exata, e sua viabilidade como forma de exercício cardiovascular. Num minuto eu estava sentada ali ao lado do Rob, ouvindo o Dr. Krantz, de quem, até então, eu não gostava tanto assim.

E no minuto seguinte, eu estava falando com o ar, porque uma das balas que os Verdadeiros Americanos mandaram na minha direção atravessou o Dr. Krantz, fazendo com que ele saísse voando.

Capítulo 16

Era realmente minha culpa. A culpa era minha porque eu sabia que as pessoas estavam com armas de fogo, atirando, e nem mencionei nada ao Dr. Krantz, tipo "Ah, a propósito, cuidado com tiros" ou "Não seria melhor que você ficasse atrás dessa caminhonete em vez de ficar na frente dela? A cobertura seria melhor."

Não. Eu não falei nada.

E a próxima coisa que vi foi o cara enrolado na neve ao lado da picape, gritando sem parar.

Bem, se você tivesse sido baleado, também gritaria sem parar.

Foi numa fração de segundo que saí da picape e fiquei na neve ao lado dele.

— Deixe-me ver — falei. Eu podia ver que a bala tinha atingido a perna dele, porque ele a estava agarrando com as duas mãos e embalando-a para a frente e para trás, gritando.

Porém, o Dr. Krantz não me deixou ver o ferimento. Ele só ficou lá, embalando a perna e gritando. Enquanto fazia isso, jorros de sangue saíam por entre seus dedos enluvados e caíam na neve ao nosso redor, formando uns padrões que eram, para falar a verdade, até bonitos.

Mas, sabe? Eu tive aulas de primeiros socorros no sexto ano, e quando o sangue está jorrando assim, tão longe e com tanta força, quer dizer que há algo errado. Tipo, talvez a bala tivesse atingido uma artéria ou algo assim.

Então, fiz a única coisa que poderia fazer nessas circunstâncias.

Soquei o maxilar do Dr. Krantz.

Eu me senti bem mal em relação a isso, mas o que mais poderia fazer? O cara estava histérico. Ele não me deixava olhar a ferida. Ele poderia ter sangrado até morrer.

Depois de acertá-lo, porém, ele meio que caiu para trás na neve e dei uma boa olhada nos danos que a bala tinha causado. Olhei bem demais, se quer saber. Tal como eu suspeitava, a bala tinha atingido uma artéria — cujo nome não consigo me lembrar, mas é aquela que fica na coxa. Uma artéria bem grande também.

Porém, felizmente para o Dr. Krantz, eu estava cuidando dele.

— Escuta — falei a ele, que estava deitado na neve, gemendo. — Você está com sorte. O projeto do meu sexto ano da feira de ciências foi sobre torniquetes.

Por algum motivo, isso não pareceu deixar o Dr. Krantz mais confortável, como deveria. Ele começou a gemer ainda mais.

— Sério, de verdade — falei a ele.

Eu tinha puxado o casaco dele para cima e estava soltando o cinto de sua calça. Fiquei aliviada ao ver que ele estava usando um cinto, pois eu, com certeza, não estava. Embora pudesse ter usado um dos cadarços das minhas botas Timberland se fosse necessário.

— O meu melhor — disse a ele — eram os torniquetes feitos de objetos encontrados. Sabe? Por exemplo, se a pessoa estivesse acampando e um grande galho a atravessasse, ou algo do gênero. Sabe? Talvez a pessoa não tivesse um kit de primeiros socorros.

Abaixei a cabeça e olhei debaixo da picape. Como eu tinha esperado, a profundidade da neve não estava tão grande ali. Consegui encontrar uma pedra de bom tamanho... não tão grande, mas também não tão pequena. Do tamanho de uma artéria. Tentei tirar a terra dela da melhor forma possível.

— A coisa com que você mais tem que se preocupar — assegurei ao Dr. Krantz, (é importante que se converse com uma vítima de um grande ferimento, assim como no caso dele, para evitar que a vítima entre em choque) — não é tanto a infecção quanto a perda de sangue. Então eu sei que essa pedra parece suja, mas... — Pressionei a pedra na ferida na perna do Dr. Krantz. O sangue parou de jorrar quase imediatamente. — Ela está realizando uma função vital. Sabe? Mantendo o seu sangue aí dentro.

Peguei o cinto do Dr. Krantz e passei a outra ponta pela fivela, e então puxei-a até que a fivela empurrasse a pedra ainda mais afundo na ferida. Eu não estava muito animada por ter que fazer isso, mas não estava ajudando o fato de o Dr. Krantz estar gritando tanto. Quero dizer, eu me sentia mal o suficiente. Além do mais, toda aquela gritaria estava fazendo com que Chigger, que ainda estava na picape com Rob, choramingasse de nervoso.

— Aí está — falei para o Dr. Krantz. — Isso vai fazer com que a pedra fique no lugar. Agora só precisamos achar um graveto, para que possamos torcer o cinto e cortarmos a circulação...

— Não — disse o Dr. Krantz, no que parecia ser mais a sua voz normal, embora ainda estivesse irregular por causa da dor. — Nada de graveto. Pelo amor de Deus, nada de graveto!

Olhei para baixo, com um olhar crítico, para a minha obra.

— Eu não sei — falei. — Quero dizer, talvez não consigamos salvar a perna, Dr. Krantz. Mas, pelo menos, você não vai sangrar até morrer.

— Nada de graveto — disse o Dr. Krantz, ofegante. — Estou implorando a você.

Eu não gostei disso, mas não via o que mais poderia fazer. Felizmente, naquele instante, Chick veio correndo até nós com Seth agarrado com força à sua cintura.

— Que diabos aconteceu? — Chick desceu da sua moto de neve para ficar ao nosso lado num piscar de olhos. Para um homem grande, ele conseguia se mover como o vento quando era preciso. — Pelo amor de Deus, eu deixo vocês sozinhos por um segundo e...

— Alguém atirou nele — falei, baixando o olhar para a perna do Dr. Krantz que, verdade seja dita, se parecia muito com um hambúrguer cru. — Ele não quer me deixar usar um graveto.

— Nada de graveto — sibilou o Dr. Krantz, entre dentes cerrados.

Chick estava examinando o meu torniquete de campo com interesse.

— Para torção, você quer dizer? — Quando acenei de modo afirmativo, ele continuou: — Não acho que seja preciso. Parece que você conseguiu parar com o sangramento por ora. Mas escuta, não temos muito tempo. Você tem que tirar esse cara daqui. E Wilkins também. E esse carinha aqui.

Ele fez uma indicação com a cabeça para Seth, que estava olhando, com um ar sério, para o louco padrão de sangue na neve, como se fosse a pior coisa que já tivesse visto na vida. Como se o que havia acontecido com a sua própria mão fosse apenas uma coisa, sabe, secundária.

— Eu sei — falei. — Mas como vou fazer isso? O Dr. Krantz não tem como guiar uma moto de neve. Não na condição em que está. E Rob nunca ficaria em uma...

— É por isso... — Chick se levantou e começou a andar em direção à frente da picape. — ... que você tem que pegar a caminhonete.

Desferi um olhar cético para o veículo antigo.

— Eu nem sei se isso funciona — respondi. — E mesmo que funcionasse, não sei onde encontraríamos a chave.

— Não precisa de chave — disse Chick, abrindo a porta do lado do motorista, então abaixando-se sob o painel — ... quando se tem o Chick aqui.

Olhei por cima do ombro. Lá em cima, na colina adiante de nós, as chamas do celeiro agora pareciam estar quase alcançando a lua. Uma fumaça preta e espessa trilhava seu caminho em direção ao céu, bloqueando o frio cintilante da Via Láctea. Os Verdadeiros Americanos ainda corriam pelos arredores, disparando tiros. Eu podia, vagamente, discernir a minúscula silhueta do Jim Henderson acenando com os braços para seus irmãos. Parecia que ele os encorajava a lutar com mais vigor.

Atrás de mim, a picape subitamente ganhou vida.

— Aí está — disse Chick, com uma risada. Ele saiu de debaixo do painel do veículo e assoprou as pontas de seus dedos antes de colocar de volta suas luvas. — Aí! — disse ele. — Eu ainda tenho o toque mágico!

Fiquei encarando-o, com os olhos tão arregalados quanto o pobre do Seth.

— Espera um minuto — falei. — Você quer que eu *dirija* esses caras pra fora daqui?

— Essa é a ideia geral — disse o Chick, não parecendo muito perturbado.

— Mas não tem nenhuma estrada! — gritei. — Você me disse, repetidas vezes, que não há nenhuma estrada que dê para esse lugar!

— Bem — disse Chick, esticando a mão para acariciar sua barba. — Não, você me ouviu bem. Não tem, exatamente, nenhuma estrada mesmo.

— Então simplesmente como...? — Eu percebi que Seth e o Dr. Krantz estavam nos ouvindo com grande interesse. Estiquei a mão, peguei Chick pelo braço, e comecei a caminhar com ele para longe da caminhonete, abaixando a voz enquanto continuava a falar. — ... vou levá-los de volta para a cidade se não tem estrada?

Foi nesse exato momento que algo no celeiro explodiu. Eu não sei ao certo o que foi, mas tive uma sensação de que se tratava do suprimento de munição de que Chick estivera falando. De repente, havia uma chuva em cima da gente de minúsculos pedaços de madeira e de metal.

Chick soltou uma série de palavrões diversos que eu mal consegui ouvir acima de todas aquelas explosões. Então ele foi correndo em volta da picape e ergueu em seu pé bom um reclamão Dr. Krantz.

— Me desculpa, garotinha — gritou Chick para mim, enquanto arrastava o Dr. Krantz em volta da caminhonete e começava a colocá-lo no banco do passageiro. — Mas você tem que tirar esses camaradas daqui antes que o inferno venha abaixo.

— *Antes*? — Eu não conseguia acreditar que nada disso estava acontecendo. — Hum, me corrija se eu estiver errada, mas, ao que me parece, pelo andar das coisas, o inferno já veio abaixo.

— O quê? — gritou Chick para mim, enquanto o céu era iluminado por um tom brilhante de laranja e vermelho.

— O inferno! — gritei em resposta a ele. — Parece que já estamos nele!

— Ah, isso não é nada. — Chick bateu a porta do Dr. Krantz, depois se apressou e deu a volta para ver se Rob estava seguro na plataforma da caminhonete. — Menino! — gritou ele para Seth. — Entre aqui e certifique-se de que esse cara não fique deslizando muito para os lados. E proteja-o daquelas porcarias que estão voando por aí, ok?

Seth, pálido, mas resoluto, fez o que Chick pediu sem questionar nada. Subiu na traseira da picape e se ajoelhou ao lado de Rob... quer dizer, depois de olhar, temeroso, algumas vezes para Chigger.

Então, me pegando pelo cotovelo, Chick apontou para baixo na colina, para aquele espesso e negro conjunto de árvores que separava a propriedade do Jim Henderson da estrada do condado bem lá embaixo.

— Você só precisa se dirigir até lá embaixo — gritou ele, enquanto lá em cima, na casa do rancho, estourava um tiroteio do que eu poderia ter jurado que eram metralhadoras. — Contanto que você esteja descendo, estará se dirigindo para a estrada. Entendido?

Fiz que sim com a cabeça miseravelmente.

— Mas, Chick — não pude evitar acrescentar: — A neve...

— Certo — disse Chick, assentindo. — Vai ser mais uma descida esquiada em ziguezague do que dirigir o carro propriamente dito. É só se lembrar de que, caso tenha algum problema, deve pisar nos freios com tudo. E tentar não bater em nada de frente.

— Ah — falei, com amargor na voz. — Obrigada pelo conselho. Essa pode não ser a hora certa para falar isso, mas eu nem mesmo tenho carteira de motorista.

— A perna daquele cara não vai esperar — disse Chick. — Nem Wilkins vai durar muito tempo aqui também. — Então, talvez por ter notado a minha expressão marcada pela náusea, ele deu um tapa no meu ombro e disse: — Você vai se sair bem. Agora, vamos indo.

Então ele me ergueu no ar e me colocou atrás do volante, ao lado do Dr. Krantz, que suava e arfava.

— Hum — falei para o Dr. Krantz. — Como vai, doutor?

O Dr. Krantz olhou para mim com um ar de enjoo.

— Ah. Estou simplesmente ótimo.

Chick deu uma batida na janela fechada entre nós. Com um pouco de esforço, consegui descer o vidro da janela.

— Mais uma coisa. — Chick esticou a mão sob sua jaqueta de couro e tirou dali um objeto preto curto e grosso. Levei um minuto para me dar conta do que era. Quando isso aconteceu, quase vomitei.

— Ah, não! — falei, estirando as duas mãos, como se para o repelir. — Tira essa coisa de perto de mim.

Chick só enfiou o braço pela janela aberta e depositou o objeto no meu colo.

— Se qualquer um chegar perto de vocês ou da caminhonete — disse ele, não alto o suficiente para que o Dr. Krantz ouvisse, mas alto o bastante para que eu ouvisse acima do som do tiroteio que rolava atrás de nós —, você atira. Entendido?

— Chick — falei, baixando o olhar para a arma e me sentindo mais enjoada do que nunca.

Uma coisa tinha sido a minha tentativa de estourar os miolos da De Lenço na Cabeça. Aquilo tinha acontecido no calor do momento. Mas isso...

— Ei — disse Chick. — Você acha que Henderson é o único maluco nesses bosques? Nem de longe. E ele tem muitos amigos. Apenas dirija, vai ficar tudo bem. Só atira se for preciso.

Assenti. Eu não me atrevia a olhar para o Dr. Krantz.

— Lembre-se — disse Chick pela janela do lado do motorista. — Pise nos freios.

— Certo — falei, ainda me sentindo como se fosse vomitar.

Chick deu um tapa no capô enferrujado da caminhonete, fazendo cair vários centímetros da camada de neve que o cobria, e disse:

— Vá em frente então.

Lutando contra a minha náusea, subi o vidro da janela e depois olhei de relance pelo para-brisa traseiro e perguntei, gritando, para Seth:

— Vocês estão preparados aí atrás?

Seth, que estava com os braços em volta dos ombros de Rob, assentiu. Ao lado dele estava Chigger, sentado com a língua estendida, feliz por dar uma volta de carro.

— Preparados — gritou Seth.

Olhei para o meu lado. O Dr. Krantz não parecia bem. Em primeiro lugar, ele estava numa posição bastante desajeitada, com uma das pernas estirada num ângulo estranho à frente dele. As lentes de seus óculos estavam completamente embaçadas, e ele estava quase tão pálido quanto a neve lá fora de sua janela. Porém, ainda estava consciente, e acho que isso era tudo que importava.

— Preparado, Dr. Krantz? — perguntei.

Ele balançou a cabeça, tenso.

— Só segue em frente — disse ele, com a voz rouca.

Então, botei o pé no acelerador...

Capítulo 17

Uma vez, quando éramos pequenas, Ruth teve uma festa de aniversário no Zoom Floom, que ficava localizado na mesma colina que o Resort de Esqui Paoli Peaks. Era um tobogã aquático que só funcionava durante o verão. Aquilo funcionava da seguinte forma: nós deitávamos num tapete de borracha e um dos atendentes nos empurrava para baixo.

Então, de repente, estávamos num mergulho descendo uma montanha, com cerca de cinquenta bilhões de toneladas de água nos empurrando mais rápido ainda para baixo; e quando se abria a boca para gritar, toda aquela água entrava na boca, e passávamos por essas curvas fechadas que pareciam que ia nos matar, e geralmente o tapetinho deslizava, e saíamos de cima dele e ficávamos simplesmente escorregando tobogã abaixo apenas com a roupa do corpo. E a superfície do tobogã era áspera o bastante para arranhar a pele dos nossos quadris, e a cada segundo tínhamos mais certeza de que iríamos nos afogar ou no mínimo rachar a cabeça. Por fim, éramos jogados numa piscina de pouco mais de um metro de profundidade, da qual saíamos engasgando e ofegantes, tentando respirar, apenas para sermos atingidas na cabeça pelos tapetinhos logo depois.

E então a gente apanhava o tapete e começava a subir as escadas para passar de novo pelo tobogã. Tínhamos que ir de novo. Porque era muito loucamente divertido.

Mas... descer deslizando aquela colina cheia de bosques do complexo da milícia do Jim Henderson? É, nada divertido.

E, se sobrevivêssemos àquilo — algo de que eu duvidava! É, de jeito nenhum, nunca mais faria aquilo de novo!

Eu me dei conta logo no começo, ao mergulharmos direto de encontro aos pinheiros que formavam uma parede espessa em volta do complexo dos Verdadeiros Americanos, de que Chick estava certo em relação a uma coisa: os limpa-neves certamente não tinham chegado perto da moradia de Jim Henderson. Descobri a estrada com muita rapidez — ou o que servia como uma estrada, aparentemente, na opinião dos Verdadeiros Americanos. Na verdade, era apenas uma trilha entre os pinheiros, cujos ramos pendiam tão baixos que roçavam o topo da cabine do motorista quando passávamos por eles.

Porém, a neve que estava acumulada sobre essa suposta estrada era bem espessa, e parecia que, debaixo dela, havia uma boa camada de gelo. Conforme a caminhonete corria, descendo a trilha na lateral da colina, com galhos chicoteando-a, fazendo com que Seth e Chigger, na traseira, abaixassem bastante suas cabeças, eu precisava de toda a minha força só para controlar o volante e impedir que os pneus dianteiros fossem puxados e acabassem nos mandando — ah, sim! — para dentro da ravina profunda à minha esquerda. Ravina esta que, eu tinha muita certeza, no verão era um charmoso local de pesca e de nado, mas naquele momento parecia para mim, conforme eu me movia ao longo dela em alta velocidade, sem nem mesmo uma simbólica proteção entre nós, um poço para o inferno.

Tudo isso, é claro, só estava visível para mim, graças ao luar que, felizmente, era generoso. Eu estava com os faróis dianteiros da caminhonete acesos, mas de certa forma isso só piorava as coisas, porque então eu podia ver claramente todas as quase catástrofes que se erguiam à nossa frente. Eu provavelmente teria ficado melhor se tivesse fechado os olhos, considerando todo o bem que meu controle desajeitado ao volante e os pés nos freios, como Chick tinha sugerido, parecia estar me causando.

Não ajudou em nada o fato de que todos aqueles solavancos pareciam ter tirado o Dr. Krantz de seu estado de semiconsciência. Ele estava bem acordado e se agarrava por sua vida amada ao painel da caminhonete. Não havia nenhum cinto de segurança na cabine — aparentemente, a segurança do passageiro não era uma das preocupações primárias dos Verdadeiros Americanos. O Dr. Krantz estava sendo sacudido para cima e para baixo, e não parecia haver nenhuma bendita coisa que eu pudesse fazer em relação a isso... e nem quanto ao Seth ou ao Rob, lá na traseira, que estavam recebendo o mesmo bom tratamento.

No entanto, tenho que admitir que o Dr. Krantz não estava ajudando muito ao segurar sua perna com o torniquete e ao sugar o ar entre os dentes toda vez que passávamos sobre uma pedra particularmente grande na estrada, oculta por toda aquela neve. Quero dizer, eu sei que deve ter doído e tal, mas, ei, eu estava dirigindo. Fiquei olhando para ele de relance para me certificar de que o torniquete ainda estava bem preso. Eu tinha que fazer isso, visto que ele não havia me deixado apertá-lo.

Eu estava olhando de relance para a perna do Dr. Krantz quando de repente o ouvi sugar o ar, e não foi porque passamos por cima de algum obstáculo. Olhei rapidamente pelo para-brisa, mas não podia ver nada mais horrorizante do que as coisas com que já tínhamos nos deparado, quedas traiçoeiras e árvores aparecendo à nossa frente. Então ouvi uma batida na janela traseira, e virei a cabeça para ver do que se tratava.

Seth, pálido e em pânico, apontava para trás de si.

— Temos companhia! — gritou ele.

Olhei de relance pelo espelho retrovisor, e então me dei conta de que, desobedecendo uma das primeiras regras da direção, eu não havia ajustado meus espelhos antes de meter o pé no acelerador. Não conseguia ver nada lá fora, graças ao fato de os espelhos estarem ajustados à visão de uma pessoa muito mais alta do que eu.

Esticando a mão para cima, peguei o retrovisor e tentei ajustá-lo de forma que eu pudesse ver o que havia atrás de nós enquanto, ao mesmo tempo, navegava num mergulho de uns 3 metros na estrada, o que nos fez ficar no ar por um ou dois segundos...

E foi então que eu vi. Dois Verdadeiros Americanos avançando atrás de nós num 4x4. Um 4x4 novinho em folha, se você quer saber. E esses caras pareciam saber o que estavam fazendo. Estavam quase nos alcançando, e eu nem tinha notado os faróis deles, o que significava que eles não poderiam estar atrás de nós fazia tanto tempo assim.

Fiz a única coisa que podia fazer, sob aquelas circunstâncias. Meti o pé no acelerador.

Aparentemente, essa estratégia não foi uma que o Dr. Krantz parecia estar preparado para abraçar.

— Pelo amor de Deus, Jessica! — era a primeira vez que ele falava desde que fora colocado ali na caminhonete. — Você vai matar todos nós!

— É — falei, mantendo os olhos na estrada. — Bem, o que você acha que esses caras vão fazer conosco se nos pegarem.

— Tem um outro jeito — disse o Dr. Krantz. — Passe-me aquela arma.

Eu quase morri de rir ao ouvir isso.

— Nem ferrando!

— Jessica. — O Dr. Krantz soava enfurecido. — Não há alternativas.

— Você não vai — falei — começar um tiroteio com esses caras, com o meu namorado e Seth aqui atrás completamente desprotegidos. Sinto muito.

O Dr. Krantz balançou a cabeça em negativa.

— Jessica, eu garanto a você que sou um atirador habilidoso.

— Tá, mas aposto que eles não são. — Apontei com a cabeça em direção ao espelho retrovisor. — E se começarem a mirar em você, as chances de acertarem em mim são grandes. Ou no Seth. Ou no Rob. Então, você pode esquecer... — atingimos uma saliência particularmente grande na estrada, e ficamos no ar, voando, por um ou dois segundos — essa ideia.

Estava claro que o Dr. Krantz não ia esquecer essa ideia. Contudo, felizmente, essa última saliência fez com que ele entrasse nos paroxismos de dor, ficando ocupado demais para pensar na arma por um tempinho...

Porém, não ocupado demais para ver, como logo eu também vi, a visão aterrorizante que se agigantava à nossa frente. E isso era que uma grande parte da estrada tinha desaparecido.

Isso mesmo, desaparecido, como se nunca estivesse estado lá. Demorei um minuto ou dois para me dar conta de que se tratava, na verdade, de uma pequena ponte que, sem sombra de dúvida por causa da madeira apodrecida, tinha caído sob o peso de toda aquela neve. Agora havia uma lacuna de quase dois metros entre este lado da ravina e o lado mais afastado... o lado que me levaria aos cuidados médicos para Rob e o Dr. Krantz. E para a liberdade.

— Vai devagar! — berrou o Dr. Krantz. Eu juro que, se a perna dele que estava mais perto de mim não estivesse toda arrombada, ele mesmo teria tentado esticá-la e pisar nos freios. — Jessica, você não está vendo isso?

Eu estava vendo, sim, mas o que eu via era a nossa única chance de nos livrarmos daqueles palhaços.

Motivo pelo qual pisei no acelerador com tudo que podia.

— Se segura aí! — gritei para Seth.

O Dr. Krantz lançou os braços para se apoiar entre o teto da cabine e o painel dela, enquanto a ravina crescia à nossa frente, cada vez mais perto.

— Jessica! — gritou ele. — Você é louca...

E então as rodas da picape deixaram o chão e estávamos voando. Voando mesmo. Como nos sonhos. Sabe aqueles sonhos em que pode voar? E, enquanto se está no ar, é totalmente silencioso, e tudo que se ouve é o coração batendo, e a gente nem mesmo se atreve a respirar porque, caso a gente faça isso, pode cair no chão de novo, e a gente não quer que isso aconteça, pois estamos vivenciando um milagre, o milagre do voo, e a gente quer que isso dure o máximo possível...

E então, com uma queda, estávamos no chão novamente, no lado mais afastado da ravina... e seguindo em frente mais rápido do que nunca. Só o solavanco da nossa aterrissagem tinha feito com que nossos ossos fossem todos moídos — eu sei que mordi a língua! —, isso sem falar que parecia ter detonado alguma coisa na caminhonete. Com certeza, detonou alguma coisa, pois ela vibrou todinha e depois emitiu um som patético de gemido...

Mas continuou seguindo em frente. Mantive os meus pés no acelerador e a caminhonete continuou seguindo em frente.

— Ah, meu Deus! — repetia o Dr. Krantz. — Ah, meu Deus, ah, meu Deus, ah, meu Deus, ah, meu Deus!...

Eu sabia que já era Cyrus. Eu me atrevi a olhar de relance por cima do meu ombro, quando a caminhonete fez uma inclinação pronunciada no lado afastado da ravina em que havíamos pulado.

— Vocês estão bem aí atrás? — gritei, aliviada ao ver o rosto branco do Seth e a cara sorridente do Chigger logo ali.

— Nós demos um perdido neles! — berrou Seth, triunfante. — Vejam!

Eu olhei, e Seth estava certo. O 4x4 tinha tentado fazer o mesmo salto que fizemos, mas não conseguira alcançar tanta velocidade quanto nós. Agora o veículo estava lá, largado com a frente amassada no leito do riacho, com os dois homens que estavam dentro fazendo de tudo para conseguirem sair.

Alguma coisa irrompeu de dentro de mim. De repente, eu estava gritando "Yahoo!", que nem um caubói! Em momento algum eu tinha tirado o pé do acelerador, mas isso era tudo que eu podia fazer para permanecer em meu assento atrás daquele volante. Eu queria sair num pulo e beijar todo mundo que estivesse à minha vista. Até mesmo o Dr. Krantz. Até mesmo Chigger.

E foi então que, sem aviso prévio, estávamos passando com tudo pelas árvores, e deslizando na estrada principal. Simples assim. O luar estava iluminando bem tudo ali embaixo, refletindo a luz no tapete de neve que cobria os campos áridos ao nosso redor. Depois de ficar tão imersa nos bosques escuros, toda aquela luz era quase cegante... cegante e a mais bela visão que eu já tivera na vida. Até mesmo enquanto eu pisava com tudo nos freios e deslizávamos pela via expressa coberta de gelo, eu sorria de felicidade. Tínhamos conseguido! Tínhamos realmente conseguido!

Quando a caminhonete finalmente deu uma deslizada e parou, eu me arrisquei a olhar de relance para a colina coberta de árvores atrás de nós. Não se podia dizer, só de olhar, que ela abrigava um bando de sobrevivencialistas malucos. Ela só parecia, sabe? Uma bela colina coberta de árvores.

Exceto pela fumaça que saía da parte de cima dela e subia pelo céu iluminado pelo luar. Realmente. Meio que se parecia com fotos que eu tinha visto do monte St. Helens logo antes de ir pelos ares. Só que em escala menor, é claro.

Olhei ao meu redor. Nós estávamos no meio do nada. Não havia nenhuma casa de fazenda nem mesmo um trailer à vista. Com certeza, nenhum lugar de onde eu pudesse fazer um telefonema.

Então me lembrei do celular do Dr. Krantz.

Olhei para ele, mas o cara tinha apagado. Acho que aquele último rompante de velocidade acabou com ele. Eu me inclinei sobre ele e tateei seu casaco por um minuto, até que, por fim, localizei o celular dentro de um bolso que também continha: um Palm Pilot, um pacotinho de Juicy Fruit e um monte de lenço de papel usado. Eu me servi de um pedaço do chiclete, depois abri a janela traseira e entreguei o celular junto com o pacotinho de Juicy Fruit ao Seth.

— Aqui — falei para ele, enquanto ele pegava os dois. — Ligue para os seus pais para que eles saibam que está tudo bem com você e fale que eles podem vir buscá-lo no County Medical dentro de cinco minutos. Depois, ligue para os policiais e conte a eles o que está acontecendo lá na casa do Jim Henderson. Se os bombeiros forem subir até lá, eles vão ter que trazer um limpa-neves. — Então eu me lembrei da ponte detonada. — E talvez uma equipe para trabalhar na estrada — acrescentei.

Seth, depois de enfiar o Juicy Fruit na boca, começou a discar avidamente. Virei-me novamente para ficar de frente para a estrada. Meus braços doíam por causa da minha batalha com o volante e, apesar do frio, havia uma faixa de suor por todo o meu peito. Mas nós tínhamos conseguido. Nós tínhamos conseguido.

Quase.

Cometi 27 violações de trânsito para levar Rob e o Dr. Krantz até o hospital. Fui a uns cinquenta quilômetros acima do limite de velocidade — uns sessenta fora da cidade —, ultrapassei três semáforos vermelhos, fiz uma virada ilegal à esquerda e peguei a contramão numa rua de mão única. Não que importasse muito. Praticamente não havia ninguém nas ruas, graças a toda aquela neve. A única vez em que me deparei com trânsito foi do lado de fora do Chocolate Moose, por onde andavam muitos dos alunos da Ernie Pyle High. Passava das onze horas, então o Moose estava fechado, mas ainda havia adolescentes ali em volta, dando amassos em seus carros. Quando passei com tudo por eles, apertei a buzina, só porque era divertido. Eu vi um bom número de cabeças alarmadas se erguerem enquanto eu passava por eles voando. Gritei "Yahoo!" para eles, e uns dois jogadores de futebol irritados gritaram em resposta "Caipira!". Acho que era por causa da caminhonete. E talvez por causa do "Yahoo!". E muito possivelmente por causa de Chigger.

Mas quer saber de uma coisa? Eles não poderiam ter me chamado de alguma outra coisa que me enchesse mais de orgulho do que isso.

Quando me virei e me deparei com a entrada do hospital, vi que tinha uma escolha a fazer entre duas entradas: aquela apenas para veículos de emergência e a outra para admissão geral.

É claro que escolhi a entrada de veículos de emergência. Imaginei que fosse chegar derrapando e parasse na frente dela, sabe, que nem na série de TV *Os Gatões,* e todo aquele pessoal da sala de emergência sairia correndo, preocupados, quando ouvissem o guinchar dos freios.

Só que não foi bem assim que as coisas aconteceram, porque acho que a maioria dos veículos de emergência não entram muito por ali derrapando, e mesmo a entrada estando limpa e salgada, ainda havia muito gelo. Então, em vez de derrapar e parar na frente das portas da sala de emergência, eu meio que acabei atravessando-as.

Mas, ei. Todo o pessoal da sala de emergência *saiu, sim,* correndo para fora, tal como imaginei que aconteceria.

Felizmente, as portas da sala de emergência eram de vidro, então, a colisão com elas realmente não causou tantos danos assim aos meus passageiros. Quero dizer, assim que os pneus dianteiros atingiram o chão da sala de emergência e conseguiram um pouco de tração, os freios funcionaram, de modo que Rob e Seth ficaram bem. E o Dr. Krantz estava inconsciente de qualquer forma, então, quando a cabeça dele bateu no painel, provavelmente nem deve ter doído tanto assim. Foi mais como um tapinha. Sei que foi assim que me senti quando fui jogada de encontro ao volante. Felizmente, a caminhonete era tão velha que não tinha airbags, então não tivemos que lidar com *essa* vergonha.

Ainda assim, as pessoas na sala de emergência surpreendentemente não estavam receptivas à minha situação. Quero dizer, depois de tudo pelo que eu tinha passado, seria de se esperar que eles seriam um pouco mais compreensivos, mas não. Eles não agiram de forma alguma como o pessoal das salas de emergência agem naquele programa na TV.

— Você está maluca? — gritava uma enfermeira de jaleco azul enquanto eu erguia a cabeça do volante.

Isso me deixou enfurecida. Quero dizer, tudo que eu tinha feito era derrubar um pouco de vidro no chão. Não era como se eu tivesse atropelado alguém.

— Ei — falei. — Tem um cara aqui na traseira dessa caminhonete com um ferimento na cabeça e esse aqui do meu lado está prestes a perder a perna. Arrumem umas macas e depois me deixem em paz.

Isso fez com que ela calasse a boca, devo dizer. Em segundos, ao que parecia, eles tinham tirado o Dr. Krantz de dentro da caminhonete, e então me ajudaram a movê-la para trás, de forma que pudessem sair e ajudar a tirar Rob. Seth conseguiu descer da caminhonete sem a ajuda de ninguém, mas Chigger não parecia muito satisfeito ao ver aqueles que o resgatavam. Ele rosnou muito e bateu bastante os dentes até que eu o mandei parar. Então, sempre na esperança de conseguir mais purê de batatas, ele saltou da traseira da caminhonete e me acompanhou até dentro do hospital enquanto eu seguia a maca em que estava Rob.

— Ele vai ficar bem? — fiquei perguntando ao pessoal que estava cuidando dele. Mas não diziam nada. Estavam ocupados demais gritando sinais vitais e anotando-os em pranchetas. A parte mais esquisita foi quando eles o descobriram e viram o que era a coisa amarela que estivera em volta dele esse tempo todo.

Ah, apenas a bandeira com os dizeres "Não me espezinhes" da casa de reuniões dos Verdadeiros Americanos.

Aquela com o buraco gigante, onde, acidentalmente, eu o acertara com um tiro de escopeta.

Foi quando eu estava ali parada, com o olhar fixo no desenrolar de toda essa cena, que ouvi alguém me chamar pelo nome. Olhei ao meu redor e vi que o Dr. Krantz, de quem eles estavam cuidando na maca ao lado, havia recobrado a consciência. Ele fez um gesto para que eu me aproximasse dele. Avancei, me coloquei entre todos os médicos e todas as enfermeiras que estavam em volta dele e me inclinei de modo que ele pudesse sussurrar para mim.

— Jessica — sibilou. — Está tudo bem com você?

— Ah, claro — falei, surpresa. — Estou bem.

— E o Sr. Wilkins?

— Eu não sei — falei, olhando de relance por cima do meu ombro. Eu não conseguia ver Rob por causa de todos os médicos e enfermeiras reunidos em volta dele. — Acho que ele vai ficar bem.

— E Seth?

— Ele está bem — falei. — É sério, Dr. Krantz, nós estamos bem. Só se concentra em ficar melhor, OK?

Mas o Dr. Krantz não tinha terminado de falar. Ele tinha algo mais a me dizer, algo que parecia ser de importância vital para ele, um peso que precisava tirar de suas costas. Ele esticou a mão e segurou na parte da frente do meu casaco, me puxando mais para perto.

— Jessica — disse com a voz rascada, perto do meu ouvido.

Eu tinha uma sensação de que sabia o que ele ia dizer, então, tentei cortá-lo.

— Dr. Krantz — falei. — Não se preocupe em me agradecer. Mesmo, está tudo certo. Eu teria feito a mesma coisa por qualquer pessoa que fosse. Fico feliz por ter feito o que fiz.

Mas o Dr. Krantz ainda não me soltara. Para falar a verdade, sua pegada na frente do meu casaco tinha ficado mais apertada.

— Jessica — disse ele, baixinho, mais uma vez. Eu me inclinei ainda mais para perto dele, visto que ele parecia estar tendo dificuldades em se fazer ouvir.

— Sim, Dr. Krantz? — perguntei.

— Você — respondeu ele com a voz rouca — é a pior motorista que eu já vi na minha vida.

Capítulo 18

O hospital do condado testemunhou muita ação naquela noite. Isso sem nem mesmo contar o fato de ter uma picape atravessando as portas de sua sala de emergência.

Além disso, o hospital admitiu 48 novos pacientes, sete dos quais estavam em estado crítico. Felizmente, nenhuma das pessoas consideradas em estado crítico era minha amiga. Não, parecia que a maior parte dos danos que tinham sido feitos naquela noite foram aos Verdadeiros Americanos. Enquanto eu estava sentada na sala de espera — eles não me deixavam entrar para ver Rob desde que ele tinha dado entrada no hospital, porque eu não fazia parte da família dele —, vi cada uma das pessoas conforme elas iam entrando.

É claro que aquilo não começou a acontecer sem antes se passar um tempinho, porque demorou bastante para que os carros dos bombeiros, as ambulâncias e as viaturas chegassem até o complexo do Jim Henderson. Para falar a verdade, só a minha explicação de *como* chegar até lá já demorou um tempo. A polícia me entrevistou por cerca de quarenta minutos antes de o primeiro carro de radiopatrulha sequer ter seguido na direção do complexo dos Verdadeiros Americanos.

E não estou muito certa de que eles acreditavam no que contei a eles. Esse poderia ser um dos motivos pelos quais eles não saíram dali imediatamente. Tipo, um grupo de milícia sob o ataque de um bando de motoqueiros e caminhoneiros desordenados? Felizmente, em dado momento, o Dr. Krantz recobrou a consciência, e eles conseguiram entrar lá e confirmar com ele tudo que eu havia dito. Ele deve ter sido bem persuasivo também porque o xerife parecia estar com ares bem sombrios quando o vi saindo da sala de exames em que o Dr. Krantz tinha sido enfiado enquanto os funcionários do hospital procuravam um cirurgião habilidoso o bastante para costurar a sua perna.

Durante um curto período de tempo, a única pessoa que estava comigo na sala de espera da emergência era Seth. Bem, Seth e Chigger. O pessoal do hospital não ficou muito feliz em ter um cachorro na sala de espera, mas quando expliquei que não podia deixar Chigger lá fora na caminhonete, pois ele ia congelar, visto que ela não tinha aquecedor — na verdade, não tinha sobrado nem mesmo muito do para-brisa —, eles demonstraram piedade. E, para falar a verdade, assim que arrumei pra ele uns pacotes de biscoitos Ritz com manteiga de amendoim da máquina de lanches, Chigger ficou bem. Ele se aninhou em duas das cadeiras de plástico e foi direto dormir, cansado daquela longa viagem de carro e de tanto latir.

O reencontro do Seth com os pais, que ocorreu dez minutos depois de chegarmos, foi extremamente comovente. Os Blumenthal choravam de felicidade ao verem o filho vivo e inteiro. Quando ficaram sabendo da minha parte ao trazer o Seth de volta para casa, eles me puxaram para junto do abraço grupal, mesmo eu tendo garantido a eles que só desempenhei um papel muito pequeno na libertação do filho deles do grupo de milícia que o havia sequestrado.

Porém, quando Seth explicou aos pais precisamente de que se tratavam os Verdadeiros Americanos e mostrou a queimadura em sua mão, da qual eu meio que tinha me esquecido, eles entraram em pânico. Seth foi levado para a ala dos queimados para ter seu machucado tratado.

Então ficamos só eu e Chigger na sala de espera.

Finalmente, porém, os meus pais, junto com Douglas, Mike e Claire (porque os dois são grudados no quadril) apareceram, e tivemos nosso próprio reencontro cheio de lágrimas. Bem, pelo menos a minha mãe chorou. Na verdade, ninguém mais além dela chorou. E a minha mãe só chorou por estar aliviada que a minha tia-avó Rose estivesse errada: aparentemente, o tempo todo em que fiquei fora, ela ficou dizendo a todo mundo que eu provavelmente tinha fugido para Las Vegas para trabalhar como distribuidora de cartas em *blackjack*. A minha tia--avó Rose vira uma reportagem sobre adolescentes que fugiam para fazer isso num programa da Oprah.

Minha tia-avó Rose, disse o meu pai, estaria partindo no primeiro ônibus para fora da cidade pela manhã, estivesse ela preparada para ir embora ou não.

Foi um pouco depois disso que a Sra. Wilkins apareceu. Eu tinha ligado para ela logo após telefonar para os meus pais. Porém, eles permitiram que a Sra. Wilkins, sendo da família, entrasse na sala onde estava Rob, então não era como se tivéssemos uma oportunidade de ir lá fazer uma visita ou algo do gênero. Ela só havia saído de lá uma vez, e foi para me informar de que o médico havia dito que Rob ficaria bem. Ele teve uma concussão, mas o médico não achava que seria necessário permanecer no hospital por mais do que um ou dois dias, contanto que recobrasse a consciência pela manhã. Meu pai falou para a Sra. Wilkins não se preocupar com seus turnos no restaurante enquanto Rob estivesse em convalescença, de forma que estava tudo bem para ela.

Uma coisa que meu pai não perguntou — nem ninguém na minha família — foi o que eu e Rob estávamos fazendo juntos, salvando Seth Blumenthal e lutando contra os Verdadeiros Americanos. Mike, Claire e Douglas, é claro, já sabiam, mas meus pais simplesmente não perguntaram nada. Graças a Deus.

Tudo que eles queriam saber era se eu estava bem e se iria para casa agora.

Eu disse a eles que estava bem. Só que não podia ir para casa. Falei a eles que não poderia até que o Dr. Krantz estivesse a salvo fora da sala de cirurgia.

Se eles acharam isso estranho, pelo menos não falaram nada. Só assentiram e foram pegar café da máquina que ficava perto da lanchonete que, tarde assim da noite, estava fechada, infelizmente. Eu estava faminta por não ter comido nada desde a hora do almoço, então atacamos um pouco mais as máquinas de lanche. Eu tive um belo jantar de tortas de maçã da Hostess e Fritos, e Chigger me ajudou a comer parte daquilo. Muito para a minha surpresa, ninguém na minha família parecia realmente gostar do Chigger, que foi um tanto quanto charmoso com todos eles, cheirando cada um com cuidado para o caso de algum deles ter comida escondida em algum lugar. Minha mãe parecia um pouco surpresa quando perguntei a ela se poderíamos ficar com ele, mas ficou mais flexível quando eu expliquei que a polícia tinha me dito que quaisquer animais de estimação encontrados em propriedades confiscadas seriam confinados e provavelmente sacrificados.

Além disso, ninguém poderia negar que Chigger daria um ótimo cão de guarda. Até os policiais tinham dado a ele um espaço bem grande enquanto estavam me interrogando.

E então, tal como suspeitei, cerca de uma hora depois disso, as primeiras baixas da batalha dos caipiras versus os Verdadeiros Americanos começaram a inundar a sala de emergência. Não sei ao certo, mas acho que foi por volta desse instante que os meus pais começaram a suspeitar que a minha motivação real para permanecer no hospital não era a de descobrir se a cirurgia do Dr. Krantz tinha ou não sido bem-sucedida. Não, era porque eu queria estar lá quando eles trouxessem Jim Henderson. Eu realmente, muito mesmo, queria estar lá nesse momento.

Não porque eu tivesse algo a dizer a ele. O que se pode dizer a alguém assim? Ele nunca vai se dar conta de que nós estávamos certos e de que ele estava errado. Pessoas como Jim Henderson são incapazes de mudarem seu modo de ser. São capazes de acreditar em suas opiniões de meia-tigela até o dia de sua morte, e nada nem ninguém conseguirá convencê-los algum dia de que tais crenças poderiam estar erradas.

Não, eu queria ver Jim Henderson porque queria me certificar de que eles o tinham pego. Só isso. Queria ter certeza de que o cara não tinha fugido, de que não tinha se entranhado mais ainda nas colinas para viver em uma caverna, ou que tinha fugido para o Canadá. Eu queria esse cara na prisão, que era seu lugar.

Ou morto. Morto também não teria sido tão ruim assim. Embora eu não achasse que Jim Henderson pudesse, algum dia, realmente estar morto o suficiente para mim. Pelo menos, na prisão, eu saberia que ele estava sofrendo. A morte parecia ser uma punição boa demais para tipos como ele.

E eu não teria ficado tão triste em ver a Sra. Henderson lá no necrotério com ele.

Porém, embora eles trouxessem muita gente que eu reconhecia como Verdadeiros Americanos — só homens, inclusive os dois do 4x4 que tinham nos perseguido, assim como o Cara com o Casaco Xadrez Vermelho, sofrendo com um ferimento de bala na coxa —, nenhum deles era Jim Henderson, o que era bem desanimador, mas certamente não inesperado. É claro que um cara como ele fugiria correndo ao primeiro sinal de problema. Porém, não iria muito longe. Não comigo no caso. Eu faria disso meu próprio interesse psíquico pessoal: saber onde ele estava e o que estava fazendo o tempo todo. Dessa forma, eu poderia alertar as autoridades, que eu tinha esperanças de que o pegariam quando ele menos esperasse. Tipo, quando estivesse dormindo ou quando estivesse fazendo mais bebês Verdadeiros Americanos. Em algum momento em que ele não pudesse, provavelmente, esticar a mão e pegar numa arma de fogo.

Foi quando eu estava examinando os rostos das pessoas que estavam sendo levadas, procurando pelo Jim Henderson, que vi alguém que me parecia um pouco mais do que familiar. Eu estava em pé e fora do meu assento de plástico num piscar de olhos, e correndo até o lado da maca em que ele estava sendo levado.

— Chick — gritei, esticando a mão para encostar no braço dele, que já estava conectado a uma bolsa de soro intravenoso. — Você está bem? O que aconteceu?

Chick abriu um sorriso cansado para mim.

— Ei, olá, mocinha — disse ele. — Fico feliz de ver que você conseguiu. Wilkins e o menino estão bem? E quanto ao professor?

— Eles estão todos bem — falei. — Ou vão ficar bem, de qualquer forma. Mas... e você? O que aconteceu?

— Ahhh. — Chick olhou irritado para a enfermeira que estava tentando colocar um termômetro dentro da boca dele. — A granada de luz foi disparada antes da hora. — Ele ergueu as mãos. Fiquei ofegante ao ver o quanto as mãos dele estavam em carne viva e cheias de sangue.

— Chick! — gritei. — Eu sinto muito, mesmo!

— Ah — disse ele, tímido. — A culpa foi minha. Eu deveria ter simplesmente lançado a droga dessa coisa. Mas então vi que o cara tinha pegado todas as mulheres e as crianças para se alinharem na frente dele e então eu hesitei...

— Você está se referindo ao Jim Henderson?

— É — disse Chick. — O calhorda estava usando suas esposas e as crianças como o velho escudo humano.

— Espera. — Baixei o olhar para ele. — *Esposas?*

— Bem, é claro — disse Chick. — Se um cara como Jim Henderson for manter a raça escolhida por Deus crescendo, ele não pode se dar ao luxo de ser monógamo. Moça — disse ele à enfermeira com o termômetro. — Eu não estou com febre. O que eu tenho são as mãos queimadas.

A enfermeira desferiu um olhar de ódio para Chick e para mim.

— Nada de visitantes — disse ela, apontando de modo imperioso para as cadeiras de plástico — na sala de emergência. Volte para o seu assento. E mantenha aquele cachorro afastado das latas de lixo!

Olhei e vi que Chigger estava com a cabeça enterrada na lata de lixo da área ambulatorial.

— Mas... e ele? — perguntei ao Chick, enquanto a enfermeira, com repulsa por mim, começava a me empurrar para fora da sala de emergência lotada. — Jim Henderson? Eles o pegaram?

— Não sei, docinho — disse Chick. — O lugar parecia um zoológico na hora em que me tiraram de lá, cheio de policiais, bombeiros e tal...

— E fique lá fora — disse a enfermeira, enquanto fechava as portas da sala de emergência com firmeza em mim.

Fui caminhando, desconsolada, até onde estava Chigger e dei um puxão em sua coleira de couro e rebites, por fim conseguindo arrastá-lo para longe do lixo... embora eu tivesse que tirar o focinho dele de dentro de um saco de Doritos.

— Cachorro malvado — falei, em grande parte para os meus pais ouvirem, de modo que eles pudessem ver que excelente e responsável dona de bicho de estimação eu seria.

Foi enquanto eu fazia isso que ouvi o meu nome ser chamado baixinho de algum lugar atrás de mim. Eu me virei, e lá estava o Dr. Thompkins, com uma roupa de cirurgião manchada de sangue.

— Ah — falei, segurando a coleira de Chigger. O cheiro do sangue estava deixando o cachorro louco. Eu juro que era o bastante para eu achar que os Verdadeiros Americanos nunca alimentavam seus cachorros. — Ei!

Meus pais, ao verem o vizinho do outro lado da rua, levantaram-se e vieram se juntar a nós.

— Acabei de operar — disse o Dr. Thompkins para mim — a perna de um homem que me disse que tinha que lhe agradecer por impedir que ele sangrasse até morrer.

— Ah — falei, ficando com uma expressão mais animada. — O Dr. Krantz. Está tudo bem com ele?

— Ele está bem — disse o Dr. Thompkins. — Consegui salvar a perna dele. Aquele foi certamente um dos... torniquetes mais *interessantes* que já vi serem aplicados.

— É — falei, em tom humilde. — Bem, eu realmente tirei nota A. No sexto ano, em primeiros socorros.

— Sim — disse o Dr. Thompkins. — Imagino que tenha tirado. Bem, em todo caso, o Dr. Krantz vai ficar bem. Ele também me explicou como ele acabou levando um tiro.

— Ah — falei, não sabendo ao certo para que direção o pai da Tasha estava seguindo com essa parte. Tipo, se ele ia gritar comigo por ser irresponsável ou algo do gênero. Alguém tinha dito a ele que eu tinha usado uma picape para atravessar as portas da ala ambulatorial? Eu não sabia ao certo. — Bem — falei, como uma trouxa. — Sabe?

O Dr. Thompkins fez algo surpreendente. Ele esticou sua mão direita na minha direção.

— Eu gostaria de agradecer a você, Jessica — disse ele —, pela sua parte na tentativa de trazer à justiça os assassinos do meu filho.

— Ah. — Eu fiquei um pouco chocada. Era isso que eu tinha feito? Acho que sim, meio que era isso. Pena que eu não tinha conseguido pegar o cara que era o supremo responsável...

— Sem problemas, Dr. Thompkins — falei, e coloquei a mão dentro da mão do pai do Nate.

Assim que fiz isso, mais uma ambulância chegou com a sirene ligada junto às portas que eu tinha destruído. As portas da traseira do veículo estavam escancaradas, e os paramédicos tiraram de lá um homem que tinha sofrido danos graves. Para falar a verdade, ele estava praticamente segurando os intestinos no lugar com uma das mãos.

Porém, ainda estava consciente. Consciente e olhando a seu redor com aqueles olhos azuis, selvagens e loucos.

— Dr. Thompkins — gritou um dos paramédicos. — Este daqui está mal. A pressão está acima de sessenta, a pulsação...

Jim Henderson. Era o Jim Henderson que estava naquela maca com as tripas penduradas para fora.

Então eles o pegaram. No fim das contas, eles o pegaram.

— Tudo bem — disse o Dr. Thompkins, olhando para a prancheta que os paramédicos lhe entregaram. — Vamos levá-lo lá em cima para cirurgia. Agora!

Duas enfermeiras da emergência assumiram o lugar dos paramédicos a partir dali, e começaram a descer o corredor com a maca de Jim Henderson em direção ao elevador. Dr. Thompkins seguiu atrás delas, e fui atrás do Dr. Thompkins. Chigger seguia atrás de mim.

— Ei, Sr. Henderson — falei, quando as enfermeiras puxaram a maca e pararam com ela do lado de fora das portas do elevador.

Jim Henderson virou a cabeça para olhar para mim. Pelo menos dessa vez, os olhos loucos dele encontraram foco o suficiente para que ele me reconhecesse. Eu sei que ele me reconheceu, porque vi o medo... sim, medo... naquelas órbitas azuis de outra forma sem emoção alguma.

— Tire aquele cachorro daqui! — disse umas das enfermeiras — Ele vai contaminar o paciente.

— Jessica — disse o Dr Thompkins. As portas do elevador se abriram. — Eu termino de conversar com você mais tarde, mas agora tenho que operar este homem.

— Está ouvindo isso, Sr. Henderson? — perguntei ao homem que estava na maca. — O Dr. Thompkins aqui vai operar você. Você sabe quem é o Dr. Thompkins, Sr. Henderson?

Henderson não tinha como responder, pois estava com uma máscara de oxigênio cobrindo-lhe a boca. Mas tudo bem. Eu não precisava mesmo que ele respondesse.

— O Dr. Thompkins — falei — é o pai daquele garoto que você deixou morto naquele milharal.

Dr. Thompkins, baixando um olhar alarmado para o seu paciente, recuou involuntariamente um passo.

— Sim — falei para o Dr. Thompkins. — É isso mesmo. Este é o homem que assassinou o seu filho. Ou pelo menos que ordenou que alguma outra pessoa fizesse isso.

Dr. Thompkins baixou o olhar fixo para Jim Henderson que, isso tinha que ser admitido, estava com uma aparência patética com as tripas por toda parte daquele jeito.

— Eu não posso operar este homem — disse o Dr. Thompkins sem, em momento algum, tirar o olhar horrorizado do homem que estava na maca.

— Dr. Thompkins? — Uma das enfermeiras entrou no elevador de fininho e ergueu um fone de um painel que havia ali. — Quer que eu mande um pager ao Dr. Levine?

— Isso sem falar — acrescentei — que esse cara aqui também foi quem sequestrou Seth Blumenthal, pôs fogo na sinagoga e derrubou todas as lápides no cemitério judeu.

A enfermeira ficou hesitante. Dr. Thompkins continuou o olhar para baixo, com um misto de repulsa e descrença na expressão que tinha no rosto.

— E quanto ao Dr. Takahashi? — sugeriu a outra enfermeira da emergência. — Ele não está de plantão essa noite?

— Uhmmm — falei. — Sr. Henderson também não gosta muito de imigrantes. Certo, Sr. Henderson? — Eu me curvei de modo que o meu rosto ficasse bem próximo ao dele. — Nossa, isso deve ser muito perturbador pra você. Um negro, um judeu ou um imigrante acabará operando você. É melhor ter esperanças de que todas as coisas que você vem dizendo sobre eles estejam erradas. Bem, OK, agora, tchau tchau!

Acenei enquanto as duas enfermeiras, junto com o pasmado Dr. Thompkins, entravam no elevador com Jim Henderson. A última coisa que vi dele foi que estava me encarando com aqueles olhos loucos e arregalados. Eu não posso ter certeza, mas acho mesmo que ele estava reavaliando todo o seu sistema de crenças.

Capítulo 19

Jim Henderson não morreu. De qualquer forma, não na mesa de cirurgia.

Os Drs. Levine e Takahashi fizeram a cirurgia dele, no fim das contas. O Dr. Thompkins se desculpou e não participou do procedimento, o que acho que, na verdade, foi muito nobre da parte dele. Quero dizer, se fosse comigo, eu não sei. Acho que teria ido em frente. E deixaria o bisturi escorregar em um momento crucial.

Mas Jim Henderson sobreviveu à sua cirurgia. Ele devia sua vida a duas pessoas que vinham de grupos religiosos e étnicos que ele estava ensinando seus asseclas a odiar. Eu me perguntava como ele se sentia em relação àquilo, mas não o suficiente a ponto de realmente fazer a pergunta a ele. Tinha coisas bem mais importantes com que me preocupar.

Em primeiro lugar, Rob.

Só no dia seguinte que Rob finalmente acordou. Eu estava lá sentada quando isso aconteceu. Eu realmente voltei para casa logo depois do lance com Jim Henderson. Para falar a verdade, os seguranças do hospital vieram e me jogaram para fora, o que é uma forma terrível, se você parar para pensar, de se tratar uma heroína. Mas uma das enfermeiras da emergência que tinha acompanhado Jim Henderson até a sala de cirurgia me delatou, dizendo que eu tinha "ameaçado" um paciente.

O que, é claro, eu tinha feito. Mas, se quer saber, ele totalmente fez por merecer.

De qualquer forma, fui para casa com os meus pais, meus irmãos e Claire, e consegui umas poucas horas de sono. Tomei um banho, troquei de roupa, comi, levei Chigger para dar uma volta e discuti algumas vezes com os meus pais sobre ele. Eles não estavam lá muito animados em ter um cão de ataque treinado vivendo debaixo do nosso teto, mas depois que expliquei que os policiais teriam mandado o cachorro para ser abatido e que os Verdadeiros Americanos não eram os melhores donos de animais de estimação do mundo, até onde eu sabia, eles acabaram concordando comigo. Não ficaram exatamente animados com a forma como Chigger tinha mascado um tapete antigo enquanto dormíamos, mas depois de três ou quatro tigelas de Dog Chow, ele ficou bem. Então não vejo qual é o problema. Ele só estava *faminto*.

Não foi muita surpresa para mim o fato de que, além de todo o resto, Jim Henderson e seus asseclas fossem péssimos donos de animais de estimação.

De qualquer forma, eu estava lá sentada, folheando uma edição do jornal local, que não falava nada sobre mim nem sobre o papel importante que desempenhei na captura do perigoso líder do maior grupo de milícia da metade sul do estado, quando Rob começou a se restabelecer. Coloquei o jornal de lado e fui correndo atrás da mãe dele, que também estava esperando ele acordar. Ela havia descido o corredor para pegar café quando ele finalmente abriu os olhos. Eu e ela nos apressamos a voltar para o quarto dele...

Porém, à porta, uma voz do outro lado do corredor me chamava, com fraqueza. Quando me virei, vi o Dr. Krantz deitado na cama do quarto do outro lado do Rob. Reunidos em volta do leito dele estavam várias pessoas que reconheci, entre elas os Agentes Especiais Smith e Johnson, que foram anteriormente designados para o meu caso. Isso é, até que o Dr. Krantz os retirou. Era bom ver que eles tinham conseguido deixar essas coisas para trás e conseguiam se dar bem ainda.

— Bem, bem, bem — falei, entrando a passos leves no quarto lotado. — O que é isso? Interrogatório?

O Dr. Krantz deu risada. Era um som alarmante. Eu não estava acostumada a ouvi-lo dando risada.

— Jessica — disse ele. — Fico feliz por vê-la. Há algumas pessoas aqui que eu gostaria que você conhecesse.

E então o Dr. Krantz, cuja perna estava em uma longa tipoia, com espetos saindo de uma coisa de metal em torno da ferida coberta por curativo onde eu tinha enfiado a minha pedra, apontou para diversas pessoas que lotavam o pequeno quarto, e fez apresentações. Uma das pessoas era a sua esposa (que se parecia *exatamente* com ele, só que tinha cabelos). Outra era uma senhora pequena e velha chamada Sra. Pierce, cujo nome lhe caía bem, pois significava perfurar ou penetrar, e a mulher tinha penetrantes olhos azuis, tão azuis quanto os sapatinhos de bebê que estava tricotando com tanta diligência. A última pessoa que ele me apresentou foi um garoto que tinha mais ou menos a mesma idade que eu, chamado Malcolm. E, é claro, eu já conhecia os Agentes Especiais Johnson e Smith.

— Foi uma invasão e tanto essa que você liderou ao complexo dos Verdadeiros Americanos — disse o Agente Especial Johnson.

— Obrigada — falei, com modéstia na voz.

— Jessica sempre nos impressionou — disse a Agente Especial Smith — com suas habilidades comunicativas. Ela parece ter realmente um talento natural de fazer com que as pessoas se juntem à sua causa... seja esta qual for.

— Eu não conseguiria ter feito nada disso — falei, com tom de humildade na voz — sem a ajuda de muitos, mas muitos caipiras.

Depois que falei isso, seguiu-se um silêncio esquisito, provavelmente porque ninguém na sala, além de mim, sabia o que eu queria dizer com o uso da palavra “caipiras”.

— Você vai ficar feliz ao saber — disse o Dr. Krantz — que Seth vai ficar bem. A queimadura deve curar sem deixar nenhuma cicatriz.

— Legal! — falei. Eu me perguntava o que estaria acontecendo no quarto do Rob. Provavelmente, a essa altura, ele e a mãe dele já haviam tido um ótimo reencontro. Quando seria a minha vez?

— E o policial — continuou a dizer o Dr. Krantz — que foi baleado deve ficar bem. Assim como todos os seus, hum, amigos. Especialmente o Sr. Chicken.

— Chick — corrigi-o. — Mas isso é ótimo também.

Seguiu-se mais um momento de silêncio. Malcolm, que estava sentado no peitoril, brincando com um Gameboy, ergueu o olhar de seu jogo por um breve momento e disse:

— Nossa, vão em frente. Perguntem logo pra ela.

O Dr. Krantz pigarreou, sentindo-se desconfortável. Os Agentes Especiais Johnson e Smith trocaram olhares nervosos.

— Me perguntar o quê? — No entanto, eu sabia. Eu já sabia.

— Jessica — disse a Agente Especial Smith. — Parece que todos nós começamos as coisas com você de um jeito errado. Eu sei como você se sente em relação a vir trabalhar para nós, mas só quero que saiba que não vai ser como... bem, como daquela primeira vez. O Dr. Krantz vem realizando um trabalho inovador com... pessoas como você. Bem, a Sra. Pierce e o Malcolm aqui fazem parte desta equipe.

A Sra. Pierce sorriu com bondade para mim, por cima do sapatinho de bebê que estava tricotando.

— É isso mesmo, querida — disse ela.

— Só me parece mesmo — disse a Agente Especial Smith, esticando a mão para mexer em seu brinco de pérola — que você realmente ia gostar desse trabalho, Jessica. Especialmente considerando os seus sentimentos em relação ao Sr. Henderson. Esse é o tipo de gente de quem o Dr. Krantz e sua equipe estão atrás, sabe? Pessoas como Jim Henderson.

Olhei de relance para o Dr. Krantz, que parecia bem menos intimidante com sua roupa de hospital do que com suas vestimentas de costume, o terno e a gravata.

— É verdade, Jessica — disse ele. — Alguém com poderes como o seu poderia realmente ser uma dádiva para a nossa equipe. E não exigiríamos nada de você além de algumas poucas horas por semana do seu tempo.

Olhei para ele com ares de suspeita.

— É mesmo? Eu não teria que ir morar em Washington nem nada do tipo?

— De modo algum — disse o Dr. Krantz.

— E poderia continuar indo à escola?

— É claro que sim — disse o Dr. Krantz.

— E vocês manteriam isso fora do conhecimento da imprensa? — perguntei. — Quero dizer, vocês se certificariam de que ficasse em segredo?

— Jessica — disse o Dr. Krantz. — Você salvou a minha vida. Eu devo isso a você, no mínimo.

Olhei para Malcolm, que estava absorto em seu videogame, mas, como se pudesse perceber meu olhar contemplativo fixo nele, ele ergueu os olhos para mim.

— Você trabalha para ele? — perguntei, de forma grosseira. — Você gosta de trabalhar para ele?

Malcolm deu de ombros.

— É OK — respondeu, e voltou para o seu jogo. Mas eu podia dizer, pela forma como a cor estava se espalhando por suas bochechas, que trabalhar para o Dr. Krantz era mais do que apenas "OK". Que era uma oportunidade para que essa criança, que de outra forma parecia comum, fizesse alguma diferença. Ele queria parecer tranquilo em relação a isso na frente dos outros, mas dava totalmente para sacar que o garoto estava completamente empolgado com seu emprego.

— E quanto a você? — perguntei à Sra. Pierce.

— Ah, minha querida — disse a velha senhora, com um sorriso beatífico. — Eu vivo para ajudar a pegar canalhas como esse imbecil do Henderson.

Depois desse comentário surpreendente, ela voltou a tricotar seus sapatinhos de bebê.

Bem.

Olhei para o Dr. Krantz.

— Vou lhe dizer uma coisa — falei. — Vou pensar nisso, OK?

— Tudo bem — disse o Dr. Krantz, com um sorriso. — Pense, sim.

Eu disse a ele que esperava que se sentisse melhor logo, me despedi dos outros e fui andando até o corredor.

E daí? Coisas mais estranhas do que eu me juntar a uma equipe de elite de pessoas com poderes psíquicos lutando contra o crime já aconteceram comigo, sabe?

E a sensação *tinha* sido muito boa quando os vi entrando com Jim Henderson naquela maca...

Dentro do quarto de Rob, os irmãos da Sra. Wilkins tinham se juntado a ela, assim como o "Simplesmente me chamem de Gary".

— Ah — disse a mãe do Rob quando entrei. — Aqui está ela!

Rob, com seus cabelos parecendo bem escuros em contraste com a brancura da bandagem que tinha em volta da cabeça e dos travesseiros atrás dele, sorriu, cansado, para mim. Era o sorriso mais bonito que eu já tinha visto na minha vida. Instantaneamente, saíram da minha cabeça todos os pensamentos relacionados ao Dr. Krantz e ao FBI.

— Oi — falei, seguindo em direção à cama dele. Para a ocasião, eu tinha colocado uma saia. Não era nenhum vestido de sair à noite de veludo, mas, ao julgar pela forma apreciativa como os olhos cinza passavam, contemplativos, por mim, ele com certeza achava que fosse.

— Bem — falou o tio do Rob. — O que me diz de irmos ver essa lanchonete de que tanto ouvi falar, hein, Mary?

A Sra. Wilkins disse:

— Ah, sim, vamos lá. — Então ela, seus irmãos e o "Simplesmente me chamem de Gary" saíram do quarto do Rob.

Ei, não foi sutil. Mas deu certo. Eu e Rob estávamos sozinhos. Finalmente.

Foi só um tempinho após eu erguer a cabeça do ombro dele — onde eu a tinha repousado depois de ter ficado exausta de tantos beijos apaixonados — que disse:

— Rob, eu tenho que falar uma coisa a você.

— Eu não a convidei — disse ele — porque não queria que você tivesse problemas com os seus pais.

Olhei para Rob como se ele fosse doido. Por um minuto, achei que talvez estivesse maluco. Sabe? Pensei que a Sra. Henderson tivesse mexido no cérebro dele com aquele golpe com a tigela de purê de batatas.

— Do que você está falando?

— Do casamento do Randy — disse Rob. — É na véspera de Natal. Seus pais nunca deixariam que você saísse na véspera do Natal. Então você acabaria mentindo para eles e ficaria encrencada, e não quero que isso aconteça.

Pisquei algumas vezes. Então era por *isso* que ele não tinha me convidado? Por ter achado que, para começo de conversa, meus pais não permitiriam que eu fosse?

Fui inundada pela felicidade. Porém, ainda assim, ele poderia simplesmente ter me dito isso em vez de me deixar pensando que tinha alguma outra garota que ele queria levar...

Contudo, não deixei o meu alívio transparecer.

— Rob — falei. — Recomponha-se. Não era disso que eu ia falar.

Ele pareceu surpreso.

— Não era? Então o que é?

Balancei a cabeça, negando.

— Além do mais — falei —, os meus pais totalmente me deixariam sair, sim, na véspera do Natal. Nós não fazemos nada na véspera do Natal. É no Dia do Natal que vamos à igreja, abrimos presentes, fazemos uma grande refeição e tudo o mais.

— Certo — disse Rob. — Mas não me diga que você contaria a verdade a eles. Quero dizer, em relação a estar comigo. Admita, Mastriani. Você sente vergonha de mim. Porque sou um caipira.

— Isso *não* é verdade — falei. — É *você* quem tem vergonha de mim! Porque sou urbana! E porque ainda estou na escola.

— Vou admitir — disse Rob — que o fato de você ainda estar na escola é um saco. Quero dizer, *é* um pouco estranho para um cara da minha idade estar saindo com uma garota de 16 anos.

Olhei para baixo, para ele, com repulsa.

— Você só é dois anos mais velho do que eu, idiota!

— Seja como for — disse Rob. — Veja, temos que falar disso agora? Porque, caso você não tenha notado, estou com um ferimento na cabeça, e me chamar de idiota não vai fazer com que eu me sinta nem um pouco melhor.

— Bem — falei, mordendo o lábio inferior. — O que estou prestes a dizer provavelmente também não vai fazer com que você se sinta melhor.

— Que foi? — perguntou Rob, parecendo temeroso.

— Seu pai. — Imaginei que seria melhor se eu simplesmente lançasse logo o assunto. — Eu vi uma foto no quarto da sua mãe e sei onde ele está.

Rob ficou olhando para mim com um ar calmo. Ele nem mesmo soltou as mãos dos meus braços, que tinha segurado para fazer massagem.

— Ah — foi tudo que ele disse.

— Eu não pretendia fuçar nada — apressei-me em dizer. — Mesmo. Quero dizer, não fiz de propósito, não mesmo. É só que, como eu disse, vi aquela foto e naquela noite sonhei com o lugar onde ele se encontrava. E vou totalmente contar isso a você se você quiser saber. Mas, se não quiser, tudo bem também, nunca mais direi nenhuma palavra sobre isso.

— Mastriani — disse Rob, com uma risada. — Eu sei onde ele está.

Meu queixo caiu.

— Você *sabe*? Você *sabe* onde ele está?

— Cumprindo pena de dez a vinte anos na Penitenciária Estadual Masculina de Oklahoma por assalto à mão armada — disse Rob. — Cara realmente legal, hein? E, tal pai, tal filho. Aposto que você está realmente ansiosa para me apresentar aos seus pais agora.

— Mas não é por isso que você está em condicional — apressei-me em dizer. — Tipo, não por algo como assalto à mão armada. Não se fica em condicional por coisas assim, eles trancafiam a pessoa. Então, o que quer que você tenha feito...

— O que quer que eu tenha feito — disse Rob — foi um erro e não vai se repetir.

Porém, para o meu espanto, ele me soltou e colocou as mãos atrás da cabeça. Ele também não estava mais dando risada.

— Rob — falei. — Você não acha que eu me importo, acha? Tipo, quanto ao seu pai? Não temos como fazer nada para evitar quem nossos parentes são. — Pensei na minha tia-avó Rose, que nunca tinha cometido assalto à mão armada, pelo menos não que eu soubesse. Ainda assim, se ser desagradável fosse crime, ela teria sido trancafiada por isso havia muito tempo. — Quero dizer, se eu não me importo que você tenha sido preso uma vez, por que me importaria...?

— Você deveria se importar — disse Rob. — OK, Mastriani? Você *deveria* se importar. E deveria estar saindo nas noites de sábado para dançar, como uma garota normal, e não se esgueirando em enclaves de milícias secretas e arriscando a sua vida para impedir a ação de assassinos psicopatas...

— É? — falei, começando a ficar irritada. — Bem, adivinha? Eu não sou uma garota normal, sou? Fico tão longe de ser uma garota normal quanto possível... e quer saber de outra coisa? Eu *gosto* de quem eu sou! Então, se você não gosta, pode simplesmente...

Rob tirou as mãos de trás de sua cabeça e segurou os meus braços novamente.

— Mastriani...

— Estou falando sério, Rob — ameacei, tentando me soltar dele. — Estou falando sério, se você não gosta de mim, você pode simplesmente ir para...

— Mastriani — repetiu ele. E, dessa vez, em vez de me soltar, me arrastou para baixo até que o meu rosto estivesse a poucos centímetros do dele. — Esse é que é o problema. Eu gosto demais de você.

Ele estava provando exatamente o quanto gostava de mim quando a porta do quarto se abriu e uma voz cheia de espanto falou:

— Ah! Desculpem-*me*!

Nós nos separamos. Eu me virei e me deparei com o meu irmão, Douglas, ali parado e com o rosto bem vermelho. Ao lado dele estava, de todas as pessoas possíveis, uma muito envergonhada Tasha Thompkins.

— Ah — falei, com um jeito casual. — Ei, Douglas. Ei, Tasha.

— Ei — disse Rob, soando um pouco fraco.

— Ei — respondeu Tasha.

Parecia que ela queria sair correndo do quarto. Mas o meu irmão colocou uma das mãos no ombro esguio dela. Meu irmão, Douglas, tinha colocado a mão numa garota... e ela parecia, de alguma forma, recuperar a compostura.

— Jess — disse ela. — Eu vim... para pedir desculpas. Pelo que disse na outra noite. O meu pai me contou o que você fez... sabe? sobre pegar as pessoas que fizeram... aquilo... com o meu irmão, e eu só...

— Está tudo bem, Tasha — falei. — Acredite em mim.

— É — disse Rob. — Foi um prazer. Bem, exceto pela parte em que fui atingido por uma tigela de mistura.

— Purê de batatas — falei.

— Uma tigela de purê de batatas, quero dizer — disse o Rob.

— Verdade — falei para Tasha, que parecia levemente alarmada por nosso tom amigável de conversa. — Está tudo bem, Tasha. Espero que possamos ser amigas.

— Podemos — respondeu ela, os olhos brilhando devido às lágrimas. — Pelo menos, espero que possamos.

Estirei os braços, e ela veio na direção deles, me abraçando forte. Só quando chegou perto o bastante eu sussurrei ao seu ouvido, suavemente:

— Você parte o coração do meu irmão e eu parto a sua cara ao meio, estamos entendidas?

Tasha ficou tensa nos meus braços. Então ela me soltou e se endireitou. Mas não parecia chateada. Tasha parecia animada e feliz.

— Ah — disse ela, fungando um pouco, mas ainda assim esticando a mão em direção à do Douglas. — Não vou fazer isso. Não se preocupe.

Douglas parecia alarmado, mas não porque Tasha tinha pegado na sua mão.

— Você não vai fazer o quê? — perguntou ele, e olhou rapidamente com suspeita para mim. — Jess, o que você disse a ela?

— Nada — respondi, inocente, e me sentei na cama do Rob.

E então, atrás deles, ouvi uma voz familiar dizendo:

— Podemos entrar? — E minha mãe veio com tudo, junto com meu pai, Michael, Claire, Ruth e Skip logo atrás da irmã.

— A gente só passou aqui pra ver se você queria ir comer alguma coisa no restaurante... — A voz da minha mãe foi sumindo tão logo ela se deu conta de onde eu estava sentada. Ou melhor, do lado de quem eu estava sentada, tão perto.

— Mãe — falei, abrindo um sorriso e sem me levantar. — Pai. Fico feliz por vocês estarem aqui. Quero que conheçam o meu namorado, Rob.

Este livro foi composto na tipologia Sabon
LT Std, em corpo 11/16, e impresso em papel
off-white no Sistema Cameron da Divisão
Gráfica da Distribuidora Record.